www.tredition.de

AF177501

Lothar Jakob Christ

Blaue Augen

Berna, das gefundene Glück

www.tredition.de

© 2018 Lothar Jakob Christ

Verlag und Druck: tredition GmbH, Hamburg

ISBN
Paperback: 978-3-7469-3711-3
Hardcover: 978-3-7469-3712-0
e-Book: 978-3-7469-3713-7

Vorwort

Dieses Buch hat seinen Ursprung in einem Gespräch, das ich mit meiner Schwägerin Bea über meine Autobiografie »Erinnerungen eines Sonntagskindes« führte. Im Verlauf dieses Gespräches stellte mir Bea die Frage, ob ich mir vorstellen könne, auch einen fiktionalen Roman zu schreiben. Zu dem Zeitpunkt, als mir Bea diese Frage stellte, da konnte ich mir das nicht vorstellen. Aber schon bald danach entstand in meinem Kopf eine Geschichte, die mich nicht wieder losließ und die ich begann aufzuschreiben. Im Ergebnis entstand mein erster fiktionaler Roman. Ich möchte an dieser Stelle darauf hinweisen, dass alle in diesem Roman vorkommende Personen sowie wie der Ort der hauptsächlichen Handlungen frei erfunden sind. Parallelen zu real existierenden Personen oder Orten wären rein zufällig und ungewollt. Ich wünsche euch allen viel Spaß beim Lesen und hoffe, dass euer Feedback die Frage von Bea beantworten wird.

Irgendwo zwischen Kühlungsborn und Ahrenshoop, nur ca. 200 m entfernt vom Ostseestrand steht ein kleines Fischerhaus. Der kleine gepflegte Garten ist nicht von einem Zaun geschützt und die blaue Eingangstür des mit Reet bedachten Häuschens steht in den Sommermonaten eigentlich immer offen. So wie die Türen in all den wenigen Häusern hier in Giebelwitz meistens offen stehen. Zumindest sind sie nie verschlossen. Es sei denn der jeweilige Bewohner wäre für einige Tage fort. Aber das passiert, wenn überhaupt, nur dann, wenn ein Bewohner von Giebelwitz zu einem Verwandtenbesuch in die Stadt fahren, oder für ein paar Tage in ein Krankenhaus müsste. Beides wäre für die Bewohner gleich schlimm und kam, Gott sei es gedankt, nur sehr selten vor. Aber ebenso wenig wie die Leute von Giebelwitz von hier wegfahren, genauso wenig kommt hier ein Fremder hin. Obwohl die gesamte Ostseeküste touristisch erschlossen ist, ist dieser Kelch an den Giebelwitzern vorübergegangen. Grund dafür ist im Wesentlichen, dass Giebelwitz am Ende einer 15 km langen Sackgasse, inmitten eines Naturschutzgebietes liegt.

Neu bauen darf man wegen des Naturschutzgebietes in Giebelwitz nicht. Nur die etwa 25 Häuser, die kleine Kapelle und das Dorfgemeinschaftshaus, in dem auch eine Kneipe untergebracht ist, dürfen instand gehalten werden. Auch Anbauten sind nicht erlaubt. Als vor wenigen Jahren jedoch eine Nabelschnur zur Zivilisation installiert wurde, da waren die Bewohner schon froh darüber, an das Trinkwasser und Abwassersystem sowie an das Stromnetz angeschlossen worden zu sein. Nicht alle Häuser in Giebelwitz sind mit Reetdächern gedeckt. Und es sind auch nicht alle Häuser so schön restauriert wie das von Hans-Günther den alle hier nur Hagü nennen. Hagü Häuschen ist Weiß getüncht und wie gesagt mit einem Reetdach gedeckt. Die Klappläden sind wie die Haustüre blau angestrichen und mit wenigen, feinen, weißen Ornamenten verziert. Um das Haus herum ist ein sehr gepflegter Rasen und in einer Ecke hinter dem Häuschen hat sich Hagü einen kleinen Nutzgarten angelegt und einen Hühnerstall für seine sieben „Deutsche Sperber" Hennen gezimmert. Chef von den Sieben ist ein stolzer Hahn, der mit seinem schwarz weißen Gefieder und seinem knallroten Hahnenkamm stolz über den Rasen stolziert und schaut wie seine Hennen nach Insekten und Würmern picken. In den Stall geht die gefiederte Bande, wenn sich die Sonne im Westen hinter den Sanddünen langsam wegduckt und das ist auch gut so, denn dann verschließt Hagü den Hühnerstall und schützt somit das Gelege vor dem Marder und die Hühner vor dem Fuchs. Wenn dann die Sonne dem Mond am Firmament endgültig Platz gemacht hat, dann sitzt Hagü in seiner Stube oder in der gemütlichen Wohnküche. Im Erdgeschoss gibt es darüber hinaus eine Toilette mit Duschgelegenheit, eine großzügige Speisekammer und ein kleines, aber seitdem er hier lebt, unbewohntes Zimmer. Hagüs Schlafzimmer und ein Wannenbad befinden sich in der ersten Etage unter dem Reetdach. Die Abende verbringt Hagü oft damit, dass er sich eine Flasche guten Rotwein öffnet, ein Buch liest oder einfach nur seinen Gedanken nachhängt. Fernsehen mag er schon lange nicht mehr. Die Nachrichten sind meistens keine Guten und was von dem gesendeten wirklich der Wahrheit entspricht, möchte Hagü gar nicht wirklich wissen. Wie Bauern nach Frauen suchen oder irgendwelche Typen nach Schwiegermütter, das interessiert Hagü genauso wenig, wie es ihn amüsiert unbekannte Prominente im Dschungel sitzen zu sehen. So beschränkt sich Hagüs Interesse an der Welt da draußen darauf, wie die Fußball-Bundesliga spielt, wie sich die Deutschen Mannschaften in Europa bewähren und wie die Nationalmannschaft abschneidet. Da er es ablehnt für Fernsehen über die GEZ Gebühren hinaus zu zahlen, verfolgt er die Bundesliga noch immer über das Radio und auch so manchem Länderspiel folgt er gerne am Radio bei Kerzenschein und einer Scheide Holz im Bollerofen. Dieses heimelige Licht verleiht dem roten Wein zudem eine ganz warme und angenehme Farbe im Glas. Und allzu oft sitzt Hagü ohne TV oder Radio in seiner Stube und versinkt in Gedanken und mit jedem Schluck werden die Gedanken schwerer, bis diese dann schwerer sind als der gute Wein und darin versinken. Und nicht selten ist es dann passiert, dass Hagü in seinem gemütlichen Ohrensessel von der Amsel geweckt wurde, die der aufgehenden Morgensonne ihr Lied zwitscherte. Oder es war in den Wintermonaten die Kälte, die sich in der Stube breit machte, wenn die letzte Scheide Birkenholz im Bollerofen. Ihre Kraft verloren hatte und der fahle Mond sein trübes Licht durch die mit Eisblumen beschlagenen Fensterscheiben funkeln ließ. Aber auch dann hat sich Hagü oft nicht nach oben in sein warmes Federbett getrollt, sondern zu faul die Treppe hinauf zu laufen, nahm er sich seine dicke Kamelhaardecke und kuschelte sich in seinen Ohrensessel, bis die Wintersonne durch das Fenster blinzelte und die Eisblumen zum Schmelzen brachte. Schon fast fünf Jahre wohnte Hagü nun hier in Giebelwitz und obwohl er der einzige war, der in Giebelwitz keine Wurzeln hatte, so war er mittlerweile doch einer der ihren geworden. Und darüber war Hagü sehr froh, denn auch wenn er alleine lebte, so war er doch nicht menschenscheu und er war froh in der Giebelwitzer

Familie so gut aufgenommen zu sein. Denn hier einmal wieder wegzugehen, das konnte sich Hagü auch nicht mehr vorstellen.

Aber Hagü hat nicht schon immer so abgeschieden und alleine gelebt. Viele Jahre lang lebte er in Hamburg zusammen mit seiner Ehefrau Isolde. Das war die Zeit, in der Hagü noch großen Wert darauf legte, Hans-Günther genannt zu werden. Seine Isolde hat Hans-Günther in der Oberstufe am Emdener Gymnasium kennengelernt. Nach Emden kam Hans-Günther, der in Kassel geboren wurde, Mitte der 1960er Jahre mit seinen Eltern, als Hans-Günthers Vater eine leitende Anstellung bei Volkswagen in Emden bekam. Und dann wie gesagt in der Oberstufe des Gymnasiums traf er auf das Friesen-Mädchen aus der Krummhörn. Isolde war ein Mädchen mit langen blonden Haaren, strahlend blauen Augen und einer kleinen Nase, die von Sommersprossen umspielt wurde. Schon in der Unterstufe war Hans-Günther dieses Mädchen aus der Parallel-Klasse aufgefallen. Aber weil Isolde jeden Tag nach der Schule direkt mit dem Schulbus zurück auf das Land fuhr, wo sie mit ihren Eltern in einem kleinen Friesendorf in der Krummhörn wohnte, kam es nicht zu Begegnungen nach der Schule. Aber als die Beiden dann in der Oberstufe in einer Klasse unterrichtet wurden, da haben sich Hans-Günther und Isolde auf einer Klassenfahrt nach Cornwall ineinander verliebt und waren fortan unzertrennlich. Viele Wochenenden und die Ferien sowieso, verbrachte Hans-Günther nun ge-

meinsam mit Isolde bei deren Eltern in der Krummhörn, wo Hans-Günther von Anfang an ein gerne ge-
sehener Besucher war. Die zwei Verliebten verbrachten eine unbeschwerte gemeinsame Zeit. Sie genossen es gemeinsam mit dem Fahrrad durch die Natur
zu radeln. Oft radelten sie auf den Deichkronen, wan-
derten durch das Watt, kauften sich Krabben direkt
vom Kutter, die sie an einem sonnigen Plätzchen pul-
ten und verspeisten. Für Hans-Günther und Isolde
war das die gefühlt schönste Zeit ihres bisherigen Lebens. Als sie dann Beide die Schule in Emden mit einem ausgezeichneten Abitur beendeten, war es gar
keine Frage, dass man gemeinsam studieren würde.
Isolde und Hans-Günther gingen gemeinsam nach
Hamburg, wo Isolde Rechtswissenschaften studierte
und Hans-Günther ein Wirtschaftsstudium belegte.
Anfänglich wohnten die zwei mit zwei Kommilito-
nen in einer Wohngemeinschaft, aber schon bald haben sie unterstützt durch ihre Eltern eine zwei Zimmer Wohnung gekauft und noch bevor sie dort ein-
gezogen sind, haben Isolde und Hans-Günther noch
als Studenten geheiratet. Ihre jeweiligen Studiengänge haben die Zwei ohne Verzögerungen und sehr
diszipliniert mit Erfolg abgeschlossen. Direkt nach
dem Studium hat Hans-Günther dann eine Firma für
Finanzdienstleistungen gegründet und bald darauf
eine zweite Firma für die Vermittlung von Luxus-Immobilien. Beide Firmen waren von Beginn an sehr erfolgreich und Isolde ist ebenfalls in Hans-Günthers
Firmen als Partner eingestiegen. Sehr schnell haben

Isolde und Hans-Günther ein recht ansehnliches Vermögen erwirtschaftet. Sie lebten in einer kleinen Villa in Blankenese, beschäftigten einen Gärtner und eine weitere Hausangestellte. Jedoch abgesehen von einigen Konzert- und Theaterbesuchen bestand das Leben der Beiden aus Arbeitstagen, die nicht selten 16 Stunden lang dauerten. Wenn es das Geschäft erforderte, dann waren Isolde und Hans-Günther auch an den Wochenenden im Büro. Die wenige Freizeit verbrachten die Beiden dann auf Partys oder Empfängen in der hanseatischen Gesellschaft wo die Gespräche jedoch auch meistens einem Arbeitsmeeting glichen. Und selbst die Besuche im Hamburger Golf Club, wo Isolde und Hans-Günther einmal im Jahr ein Charity Einladungsturnier veranstalteten, endeten meistens in einem Gespräch über Vermögensinvestments oder Luxus-Immobilien.

Das Leben von Isolde und Hans-Günther bestand nun schon seit vielen Jahren nur aus Arbeit als den Beiden genau das, an einem der ganz seltenen Abende ruhiger Zweisamkeit, an einem warmen Sommerabend auf der heimischen Terrasse bei einer Flasche Rotwein richtig bewusst wurde. Schon seit längerem hätte man kürzertreten können ohne auf die luxuriösen Annehmlichkeiten dieses Lebens verzichten zu müssen. Wie oft hat man doch in der kleinen Studentenwohnung davon geträumt, einmal eine kleine Familie zu sein. „Wollten wir nicht mit unseren Kindern durch die Krummhörn radeln, Wattwürmer ausgraben und Krabben pulen und nun haben wir vor lauter Arbeit ganz vergessen, dass schon bald unser Beide vierzigster Geburtstag zur Feier ansteht." Speziell bei Isolde war also die biologische Uhr am ticken, worauf auch immer wieder ein befreundetes Arzt-Ehepaar hinwies, wenn diese mit ihren Zwillingen in Blankenese in der Villa zu Besuch waren. An diesem Abend wurden sich Isolde und Hans-Günther einig. Noch vor dem Vierzigsten wollten sie eine kleine Familie sein und noch an diesem Abend begannen Isolde und Hans-Günther mit großer Leidenschaft und ungebrochener Liebe damit, ihr Glück zu schmieden. Wie niemals davor in den letzten Jahren suchten die Beiden nun die Nähe zueinander, man fühlte sich in die Jugend und Studentenzeit zurückversetzt und das schönste dabei war, dass das Feuer der Liebe brannte wie zum ersten Mal damals in Cornwall auf der Klippe im Einmann-Zelt, als man sich vom Klassenverband abgesetzt hatte. Aber so schön und leidenschaftlich die aktuelle Zeit auch war, genauso enttäuschend war es, als sich im Rhythmus von vier Wochen zeigte, dass Isolde nicht schwanger werden sollte. Wieder war es das befreundete Ehepaar mit den Zwillingen, die Isolde und Hans-Günther eine private Klinik empfahlen. Und nach einer notwendigen Hormonbehandlung, die Isolde über sich ergehen lassen musste, war es dann soweit. Isolde wurden, ihr zuvor entnommene und mit Hans-Günthers Samen befruchtete Eizellen, eingepflanzt und schon bald danach war es sicher. Isolde war schwanger. Als dann in der 18. Schwangerschaftswoche Isolde erfuhr, dass sie ein Mädchen erwartet, da gab es kein Halten mehr. In Blankenese in der Villa wurde ein Zimmer für das erwartete Töchterchen vorbereitet und in einem Traum von Rosa eingerichtet. Die Schwangerschaft von Isolde verlief ohne irgend welche Komplikationen. Und als dann die Wehen einsetzten, fuhr Hans-Günther hoffnungsvoll und glücklich mit Isolde in die vorher mit Bedacht ausgesuchte Privatklinik. Alles schien in Ordnung und Isoldes Wehen setzten in immer kürzeren Abständen ein. Hans-Günther, der Isolde im Kreißsaal beistand, bemerkte jedoch auf einmal, dass immer wieder andere Ärzte kamen, um Isolde zu untersuchen. Die Minen der Ärzte verfinsterten sich zusehend und Hans-Günther wurde schließlich aus dem Kreißsaal heraus komplimentiert. Nun saß er da in einem Neon beleuchtetem Wartebereich vor dem Kreißsaal. Die Zeit wollte nicht mehr vergehen. Personal, das aus dem Kreißsaal herauskam, gab keine Auskünfte. Hans-Günther war mit seinen sorgenvollen Gedanken völlig alleine gelassen.

Und dann endlich bat man Hans-Günther in das Büro des Chefarztes. Da saß er nun gegenüber diesem Herrn, den er in den letzten Wochen schon mehrmals gesehen hatten. Stets sah der Chefarzt der Klinik optimistisch und freundlich aus. Ganz anders als die Mimik die er jetzt zeigte. Nach langen, zulangen und eigentlich überflüssigen medizinischen Erläuterungen kam er zu dem alles zunichte machenden Punkt: „wir konnten ihre Frau nicht retten und auch ihre Tochter ist bei der Geburt gestorben!" Das war der Moment, in dem für Hans-Günther eine Welt zerbrach. Er wusste nicht, wie ihm geschah. Es dauerte einen Moment, bis er die Worte die er gerade gehört hatte, erfassen konnte. „Isolde ist tot? Ist es das was sie mir gerade gesagt haben?" Die Antwort des Arztes nahm Hans-Günther nicht mehr wirklich wahr. Er schrie laut „NEEIIN" und begann laut und hemmungslos zu weinen. Sein Körper schmerzte von innen heraus. Dieser unbeschreibliche Schmerz, der entsteht, wenn die Seele eines Menschen verletzt wird. Wie beim Zeitraffer einer Filmvorführung erlebte Hans-Günther die Zeit mit Isolde noch einmal vor seinem geistigen Auge und immer wieder krümmte er sich in Weinkrämpfen. „Warum, warum, warum?", fragte er immer wieder, ohne eine Antwort zu bekommen. Der Chefarzt hatte das Büro schon seit einiger Zeit verlassen als Hans-Günther noch immer weinend dort verharrte. Es war dunkel geworden draußen. Ansonsten hatte Hans-Günther jegliches Gefühl für Zeit und Raum verloren. Eine Schwester betrat das Büro und meinte zu Hans-Günther dann: „Sie müssen jetzt gehen" und sie sagte „es tut mir so leid." Hans-Günther verließ das Büro des Chefarztes in Richtung Ausgang. Er fühlte sich leer und verlassen. Autofahren wollte er nicht und er bat den Mitarbeiter am Empfang, er solle ihm ein Taxi nach Blankenese rufen. Hans-Günther saß nun auf einer Bank im Empfangsbereich der Klinik. Er starrte auf die Tür durch die er vor nur wenigen Stunden glücklich und hoffnungsvoll die Klinik gemeinsam mit Isolde betreten hatte. Wieder waren ihm die Bilder seiner so glücklichen Ehefrau vor Augen, wie sie gelacht und gescherzt haben als Isolde dem Empfangsmitarbeiter den dicken Bauch entgegenstreckte.

Ein Mann mit einem indischen Turban auf dem Kopf, tippte Hans-Günther auf die Schulter und fragte: „Taxi nach Blankenese?"

In dem Augenblick als Hans-Günther die Diele der Villa betrat, da war ihm bewusst, dass er hier nicht bleiben wollte. Nicht eine einzige Nacht würde er es in der Villa ohne Isolde ertragen. Allgegenwärtig waren die Erinnerungen an so eine schöne, gemeinsame und liebevolle Zeit, die er hier gemeinsam mit Isolde verbringen durfte. Überall im Haus und im Garten schallte das Echo von Isoldes lebensfrohem und glücklichen Lachen. Isoldes Duft hing in der Luft und überall hier im Haus war sie so nah, obwohl sie gerade so weit weggegangen schien. Hans-Günthers Seele schmerzte und er wollte nur weg, egal wo hin, hier konnte er nicht mehr sein. Hans-Günther ging hinauf in den ersten Stock und wieder bekam er einen Hieb in seine Seele, die mit unendlichem Schmerz reagierte als er in das so liebevoll eingerichtete rosafarbene Zimmer hineinschaute. Er schloss die Tür und ging auf der anderen Seite des Flurs in das Ankleidezimmer. Er griff seine Louis Vuitton Reisetasche und stopfte das aus seiner Sicht notwendige hinein. Zwei, drei Jeans, Unterwäsche für ein paar Tage, ein paar Poloshirts, ein paar dünne Pullover und den stets für Dienstreisen gefülltem Waschbeutel, passend zur Tasche. Nun begab er sich in das Arbeitszimmer im Erdgeschoss, packte ein paar wichtige Dokumente ein.

Auch die Pässe von Isolde. Die Familienurkunden, welche in einem Familienbuch gebunden waren und seine Bank- und Kreditkarten. Er löschte das Licht und ging durch die Diele in seine sehr großzügige Garage. Hier wurde ihm nun bewusst, dass er seine Limousine auf dem Klinikgelände zurückgelassen hatte. Mit Isoldes 911er wollte er auf keinen Fall losfahren. Also legte er seine Taschen auf den Beifahrersitz seines in 'english racing green' lackierten Roadster und schloss das Stoffdach, da es zwischenzeitlich begonnen hatte zu regnen. Dann setzte sich Hans-Günther ans Steuer und startete den Morgan. Infernalisch röhrte der 4,8l Motor mit seinen 8 Zylindern während sich das Garagentor automatisch und lautlos öffnete. Als der Roadster nun aus der Garage heraus gesteuert war, schloss sich das Garagentor wieder und das große Edelstahltor, welches Villengrundstück und Straße begrenzte, öffnete sich wie von Geisterhand.

Ohne sich umzudrehen, fuhr Hans-Günther vom Villengrundstück auf die Straße und weiter in die Hamburger Nacht. Jedoch fuhr er nicht plan- und ziellos. Er steuerte vielmehr auf direktem Weg zum Hotel-Atlantic. Durch die Drehtür kommenden ging er direkt zu der hölzernen Mahagoni-Empfangs-Theke. „Ich hätte gerne ein Zimmer für ein paar Tage. Vielleicht vier!" „Mit Blick auf die Alster?" „Das ist mir eigentlich gleich." „Könnte jemand meinen Wagen in die Garage fahren? Den Morgan, direkt am Eingang" „Ja selbstverständlich, möchte sie noch etwas zu Abend essen?" „Nein, Danke. Ist die Bar noch geöffnet?" „Ja! Wenn sie möchten, lasse ich ihre Tasche auf das Zimmer bringen, den Autoschlüssel bringt dann jemand zu Ihnen in die Atlantic Bar." „Vielen Dank, das ist sehr nett von Ihnen." Hans-Günther ging in die Bar und setzte sich in einen der schweren schwarzen Ledersessel direkt neben dem Konzertflügel. Als die Bedienung fragte, was er denn gerne trinken möchte, sagte Hans-Günther: „haben sie einen Chevalier Grand Cru Classe?"

„Gerne der Herr, hätten sie gerne ein Glas 0,1 oder 0,2?"

„Eine Flasche bitte", erwiderte Hans-Günther. Der Wein war so schwer wie Hans-Günthers Gemüt. Wieder gingen ihm die Ereignisse dieses Tages durch den Kopf und als er sich das Glas mit Wein nachschenkte, kamen vier Herren in die Bar. Die Vier waren wohl auf Geschäftsreise und gönnten sich nun noch einen Absacker. Das alles wäre halb so schlimm gewesen, wäre da nicht der eine gewesen, der einen Witz nach dem anderen erzählte. Und zu allem Überdruss hat dieser Erzähler auch am meisten und lautesten über seine Zoten gelacht. Hans-Günther winkte dem Kellner und bat darum, dass man ihm die Weinflasche und die Neige im Glas bitte auf sein Zimmer bringt. Nun war er alleine in seinem Zimmer, stand am Fenster mit seinem Glas Wein in der Hand und schaute auf die Alster. Seine so sehr schmerzende Seele begann nun sanft auf dem Bordeaux zu schwimmen, was der Seele sehr guttat und Hans-Günther die Schmerzen linderte. Bald war der letzte Tropfen getrunken und Hans-Günther stellte sein Glas auf die Fensterbank und ließ sich rücklings ohne sich auszuziehen auf das Bett fallen. Als er aufwachte, war es schon hell und die Sonne ließ die Alster glitzern. Hans-Günther sortierte seine Gedanken und musste schon jetzt anerkennen, dass das Leben auch nach solch einem Schicksalsschlag wie gestern weiter geht, einfach weiter geht. Er bestellte sich ein Frühstück auf das Zimmer, trank aber hauptsächlich etwas Kaffee, nippte einmal am Orangensaft und biss vielleicht zweimal in das Croissant. Währenddessen telefonierte er mit einem seiner Anwälte und informierten diesen über Isoldes Schicksal. Darüber hinaus, bat er darum, dass man ihm bitte die Organisation der Beerdigung abnehmen solle. Am Nachmittag unterschrieb Hans-Günther dann die Vollmachten im Anwaltsbüro und man stimmte sich ab, wer alles in einem persönlichen Anschreiben über Isoldes Tod informiert werden solle. Die Grabstätte auf dem Ohlsdorfer Friedhof musste Hans-Günther persönlich aussuchen und als man dann darüber sprach, wie die Trauerhalle gestaltet werden soll, fiel ihm beim Verweis auf seinen Rechtsanwalt ein, dass er gestern nur ein paar Jeans und ein paar Pullover eingepackt hatte. Raus nach Blankenese in die Villa wollte er aber auf keinen Fall. Er fuhr in die City zu einem Herren-Ausstatter und kaufte sich einen schwarzen Anzug, Hemd und notwendige Accessoires. Da noch Änderungen zu machen waren, bat er um Lieferung in das Atlantic. Nun waren schon drei Tage vergangen, seitdem Isolde für immer gegangen war. Der Beerdigungstermin stand fest und sollte Übermorgen sein. Hans-Günther verlängerte sein Hotelzimmer bis zu dem Tag nach der Beerdigung. Warum bis dann? Das wusste er selbst nicht. Aber er spürte ein Bedürfnis aus Hamburg weg zu müssen. Dann kam der Tag der Beerdigung, Hans-Günther hatte regelrecht Angst davor, was ihm nun bevorstand. Zum einen war das der absolute und endgültige Abschied von seiner doch noch immer so geliebten Isolde. Zum anderen werden aber auch viele Freunde, Bekannte, Verwandte, Geschäftsfreunde, Kunden etc., kommen und sich zwischen Isolde und Hans-Günther zwängen. Alles gut gemeint um trösten zu wollen, aber doch nur störend bei diesem so intimen Moment des Abschiedes nehmen müssen. Zwar hatte man in den Anschreiben darauf hingewiesen, dass man von Beileidskundgebungen absehen solle und stattdessen seinen Trost in dem ausgelegten Kondolenz-Buch kundtun solle. Aber bereits in der Trauerhalle, wo Hans-Günther schon früh saß und gedankenverloren auf Isoldes Sarg schaute, schon dort hat man ihn immer wieder gestört und aus seinen Gedanken gerissen. Als der Sarg dann an ausgewähltem Platz am Ohlsdorfer Friedhof in die Erde herabgelassen wurde und Hans-Günther seiner Isolde eine letzte rote Rose in das Grabloch übergab, hat er nicht gewartet, sondern hat sich direkt zurückgezogen, um alleine zu sein. Als er ein großes Stück schon gegangen war, drehte er sich noch einmal um und es wurde ihm erst jetzt bewusst wie viele Menschen seiner Isolde die letzte Ehre erwiesen haben.

Ein wenig bekam er ein schlechtes Gewissen all diesen Leuten gegenüber, aber er konnte einfach nicht am offenen Grab seiner geliebten Frau stehen bleiben. Und jetzt glaubte er auch zu spüren, dass Isolde in ihm und ganz nah bei ihm war und das Bestätigte ihm, alles richtig gemacht zu haben.

Am Tag nach der Beerdigung checkte Hans-Günther im Atlantic aus. Er fuhr zunächst noch einmal zum Ohlsdorfer Friedhof. Dort ging er zu Isoldes Grab und verharrte eine gewisse Zeit dort, bevor er zurück zu seinem Auto lief. Das war das letzte Mal, dass Hans-Günther am Grab seiner Isolde war. Es war einfach so, als hätte er sie dort in Ohlsdorf abgeholt, um sie seit Lebens nun in seinem Herzen zu tragen.

Der grüne Roadster verließ Hamburg in Richtung Bremen, um von dort weiter nach Oldenburg zu fahren. Von dort fuhr Hans-Günther nach Emden. Zunächst besuchte er das Reihenhaus, in dem er einst mit seinen Eltern wohnte. Er betrachtete sich das Haus jedoch nur von der Straße aus seinem Morgan heraus. Seine Eltern, waren schon vor einigen Jahren, als Hans-Günthers Vater in Rente gegangen war, wieder zurück nach Kassel gezogen. Dann saß er eine ganze Weile auf einer Bank auf dem ‚Große Pause' Schulhof seines einstigen Gymnasiums. Er hatte sich zuvor beim Becker ein Streusel Teilchen und eine kleine Flasche Kakao gekauft und saß nun auf dem Schulhof, verzehrte sein Picknick und fühlte sich wie ein Pennäler. Nach Mittag fuhr er, dann durch die

Krummhörn bis hinauf nach Norddeich wo er nach einer Übernachtungsmöglichkeit suchte. Hans-Günther fuhr entlang der Ostfriesischen Küstenlinie, bis er in Cuxhaven landete, nahm dann die Fähre nach Brunsbüttel um von dort südlich des Nord-Ostsee-Kanals gen Osten zu fahren. Von Kiel, seiner nächsten Station begann er seine Reise entlang der Ostseeküste in Richtung Osten, wo er am mittlerweile vierten Tag seiner Tour an eine Straßenabzweigung kam, die sein Interesse weckte. Rechts war eine Bushaltestelle, dort hielt Hans-Günther seinen Roadster an, um auf der gegenüberliegenden Seite in diese kleine nach links abbiegende Landstraße zu schauen. Die Landstraße führte kerzengerade in einen dichten Laubwald und schien dort, wo das Grün begann, zu enden. Auf einem Wegweiser stand „Giebelwitz 15 km". Aber über dem Wegweiser war ein Verkehrsschild angebracht, das eine Sackgasse kennzeichnet.

„Eine 15 km lange Sackgasse" dachte Hans-Günther. „Das wird dann wohl die längste Sackgasse Deutschlands sein" sinnierte er weiter. Da sich Hans-Günther selbst in der längsten Sackgasse seines eigenen Lebensweges zu befinden schien, war dies vielleicht ein Wink des Schicksals und er beschloss diesem Wink zu folgen. Er setzte den Blinker nach links, vergewisserte sich, dass die Straße von hinten frei war und bog auf diese kleine im Wald verschwindende Landstraße. Nach einer gefühlten Ewigkeit sah er Licht am Ende des grünen Tunnels, in dem er sich seit geraumer Zeit befand. Und als er den Wald hinter sich gelassen hatte, sah er auch schon bald ein

Ortsschild auf dem geschrieben stand 'Giebelwitz' und darunter fast noch größer, in weißer Schrift auf grünem Grund 'Naturschutzgebiet'. Giebelwitz war ein Ort mit ca. 25 Häusern, die aber großzügig in die Landschaft verteilt waren. Dann kam er an eine Stelle, die der zentrale Ortsplatz sein musste. Eine dicke Eiche stand auf der Mitte des Platzes, die von einer Bank umrundet war. „Eine Bank auf der, der Rast Suchende, stets einen Sonnenplatz findet", dachte sich Hans-Günther. Um gleich danach die Einschränkung zu überlegen: „nur nicht dann, wenn die Sonne am höchsten steht, dann wird sie auch auf diese Bank einen Schatten werfen! Eigentlich wie im richtigen Leben." Ebenfalls auf diesem Platz befand sich eine Kirche. Na ja, eher eine Kapelle. So groß war das Gotteshaus nicht. Und daneben eine Kneipe. Das glaubte Hans-Günther an dem blauen Reklameschild für „Kühlungsbräu" zu erkennen. Was hier wohl ein regionales Bier war. Am anderen Ende des Dorfplatzes setzte sich die Straße fort. Es gab im übrigen auch nur diese eine Straße in Giebelwitz. Und vom Dorfplatz aus konnte man erkennen, daß die Straße zur Ostsee führte und an der mit Strandhafer bewachsenen Düne endet. Hans-Günther folgte mit seinem Roadster der Straße und bevor er die Düne erreicht hatte, sah er am letzten Haus rechts eine junge Frau, die am Gartenzaun stand und verwundert schaute, als Hans-Günther an ihr vorbeifuhr. Er stellte dann auf dem asphaltierten Straßenende den Morgan ab, stieg aus und lief die Düne hinauf. Fünf, sechs große

Schritte vielleicht, dann stand er auf dem Dünen-scheitel und schaute über einen breiten naturbelasse-nen Strand hinaus auf die Ostsee. Weit hinaus bis zum Horizont wo Wasser und Himmel verschmolzen und eins wurden. Das erste Mal seit Isoldes Tod fühlte er so etwas wie Seelenfrieden und der Schmerz, der ihn in den letzten Tagen quälte, schien sich beim Blick über die Wellen etwas zu besänftigen. Dann drehte sich Hans-Günther um und er schaute in Richtung Dorfplatz von Giebelwitz. Die junge Frau stand noch immer am Gartenzaun und schaute in die Richtung zu Hans-Günther. Dieser nickte ihr zum Gruß herüber, sie erwiderte den Gruß ebenfalls mit einem Kopfnicken und verschwand im Haus. Hans-Günther ließ seinen Blick von seiner Position nun nach links wandern und sah, dass das Haus in dem die junge Frau wohnt, nicht wirklich das letzte Haus in der Straße war. Von ihm aus gesehen, davor, gab es noch ein Haus, von der Straße nicht zu sehen. Nur von der erhöhten Position auf der Düne erkannte man das Gebäude hinter zahlreichen Hecken und mannshohem Unkraut. Hans-Günthers Neugierde war geweckt und er kämpfte sich durch das Gestrüpp zu diesem Haus. Oben von der Düne hat es gar nicht so schlimm ausgesehen, aber nun mitten in den Bü-schen merkte Hans-Günther, wie widerborstig das Gehölz war. Manche Sträucher wehrten sich mit Dor-nen und zerkratzten Hans-Günthers nackte Arme. Das mannshohe Unkraut entpuppte sich zu allem Überdruss als meterhohe Brennnesseln. Aber nun war er schon fast an dem Haus, dass sich eigentlich immer mehr als Ruine outete. Die Fensterläden waren verschlossen, die Haustüre schien aber nur angelehnt. Über das Dach waren mehrere große Plastikplanen gespannt, offensichtlich war das Reet völlig verrottet und undicht. Hans-Günther ging in das Gebäude und konnte erkennen, dass hier schon seit Jahren keiner mehr gelebt hat. Ein paar wenige Möbel standen noch im Haus und an der einen Wand in dem Zimmer, dass wohl einst das Wohnzimmer war, da hing noch ein Bild, auf dem ein Schiff in stürmischer See zu sehen war. Die Treppe zum ersten Stock sah ebenfalls nicht mehr sehr vertrauenswürdig aus. Aber die Neugierde hielt Hans-Günther auch davon nicht ab und er ging über diese marode Treppe in den ersten Stock. Dort konnte er sehen, dass das Reetdach wirklich am Ende war. Die Plastikplanen erfüllten jedoch voll und ganz ihren Zweck und das Dachgeschoss war staubtrocken. Verstaubt, verkratzt und rot von den Brennnesseln stieg Hans-Günther wieder in seinen Roadster und fuhr zurück zum Dorfplatz. Er stellte das Auto neben der Kapelle in den Schatten. Die Tür zu der Kneipe war weit offen und Hans-Günther wollte nachfragen, ob er etwas zu trinken und vielleicht einen kleinen Imbiss bekommen könne.

Er klopfte an den Türrahmen und rief: „Moin, ist da jemand?"

„Herein, wenn es kein Schneider ist." war das Echo. Hans-Günther betrat den Schankraum. Das war eine Dorfkneipe, wie sie Hans-Günther aus seiner Kindheit in Kassel in Erinnerung hatte. Vier oder fünf Tische mit je vier blanken Stühlen, eine hölzerne Theke, dahinter ein Hängeschrank für Gläser und in der Ecke neben der Theke ein größerer runder Tisch mit sechs Stühlen drum herum. Der Stammtisch, was ein großer Aschenbecher mit entsprechendem schmiedeeisernen Hinweis verdeutlichte. „Moment, ich bin gleich wieder oben", schallte es aus einem Kellerraum durch eine Falltür hinter der Theke.

„Guten, Tag der Herr, was führt sie denn hier nach Giebelwitz? Haben sie sich verfahren, haben sie nicht das Schild Sackgasse gesehen."

„Doch, das habe ich schon gesehen und es machte mich neugierig, wo und wie die Sackgasse endet." „Und, enttäuscht?"

„Wollen sie meine ehrliche Antwort hören? Nein enttäuscht bin ich nicht. Darf ich etwas zu Trinken bekommen und gibt es vielleicht einen kleinen Imbiss?"

„Was möchten sie denn trinken? Ich habe gerade ein neues Fass Kühlungsbräu angeschlossen."

„Ja gerne, ein kühles Bier wäre jetzt nicht schlecht" „Wissen sie was, ich gönne mir auch ein Bier, als Imbiss kann ich ihnen eine getrocknete Mettwurst mit einem Stück Brot anbieten."

„Hätte ich nicht gedacht, dass der Laden vier Sterne Niveau haben würde", erwiderte Hans-Günther. „Mettwurst mit Brot hatte ich schon lange nicht mehr, das ist prima."

Der Wirt begann damit zwei Biere zu zapfen und in der Zeit, in der sich der Schaum setzte, ging er in den Nebenraum um die Mettwurst und das Brot zu holen. „Mit Senf?", rief er aus der Küche.

„Ja, bitte mit Senf" der Wirt stellte den Teller mit der Mettwurst auf den Stammtisch und bat Hans-Günther platz zu nehmen und wünschte einen guten Appetit. Er zapfte die beiden Biere fertig und brachte die zwei Gläser, gekrönt mit einer herrlichen Schaum-Blume, rüber zum Stammtisch. „Prost, auf ihr Wohl." „Auf ihr Wohl, Prost."

Hans-Günther aß mit großem Appetit die Mettwurst und als der Wirt für sich und Hans-Günther ein zweites Bier zapfte, fragte Hans-Günther, ob sich denn hier am Ende der Sackgasse eine Kneipe rentiere.

„Nö", sagte der Wirt. „Hier bitte, auf einem Bein steht man schlecht, Prost."

„Prost, ich heiße Hans-Günther und sie?"

„Mein Name ist Berthold Malowski, aber die sagen hier alle Camillo zu mir, Prost."

Wie kommt, man denn von Berthold Malowski auf Camillo fragte Hans-Günther nach? Die Antwort war so einleuchtend wie verblüffend. „Das kommt daher, weil ich in Giebelwitz nicht nur der Wirt bin, sondern ich bin hier auch der Pfarrer und in Anlehnung an Don Camillo habe ich den Spitznamen Camillo bekommen."

So konnte sich Camillo in Giebelwitz auch über Wasser halten. Zu Zeiten der DDR war er schon Pfarrer und nach der Wende hat die evangelische Kirche ihm die kleine Kapelle in Giebelwitz quasi als Pfarrei gelassen. Mit dem Einkommen, das er von der Kirche bekommt und der Bewirtung des Dorfgemeinschaftshauses kommt Camillo ganz gut über die Runden. In Giebelwitz braucht man auch nicht wirklich viel Geld zum Leben. Camillo erklärte, dass das Dorfgemeinschaftshaus, ebenfalls zu DDR Zeiten gebaut wurde. Darin ist die Kneipe, ein kleiner Saal und das Dorfbüro untergebracht. „Das Dorfbüro?", fragte Hans-Günther. „Ja, das Büro für den Ortsvorsteher, wenn sie so wollen, das Büro vom Bürgermeister."

Camillo erzählte, dass früher vor der Wende in Giebelwitz mehr los war als heute. Der Grund dafür liegt darin, dass Giebelwitz zu DDR Zeiten so etwas wie ein Geheimtipp für Ostsee Urlauber war. Die Sackgasse gab es damals schon und das Naturschutzgebiet auch. Das hat damals schon verhindert, dass hier der FDGB nicht wie an vielen anderen Stellen seine Plattenbauten für die Touristen gebaut hat. Aber in allen der Giebelwitzer Häuser gibt es ein Gästezimmer mit Waschgelegenheit oder eine kleine Ferienwohnung. Und wenn man so will war Giebelwitz, das einzige frei buchbare Urlaubsörtchen an der Ostsee zu DDR Zeiten gewesen. Und deswegen haben wir auch irgendwann einmal dieses Dorfgemeinschaftshaus in Selbsthilfe aufgebaut. Nach der Wende sind wir dann hier in unseren Dornröschenschlaf gefallen. Was aber mittlerweile keinen der Gie-belwitzer stört. Das Gegenteil ist der Fall. „Noch ein Bier, wenn wir gerade so schön am Plaudern sind?"

„Ja, warum eigentlich nicht."

Als Camillo die dritte Runde am Zapfen war, fuhr vor der Kneipe ein hörbar schweres Motorrad vor.

„Hallo Camillo, wenn du gerade am Zapfen bist, mach mir doch auch bitte ein kühles Blondes. Oh, du hast einen seltenen Gast?"

„Ja, das ist der Hans-Günther, der hat sich hierher verirrt. Hans-Günther das ist unser Bürgermeister von Giebelwitz."

Hans-Günther hob die Hand und rief „stopp, lass mich raten, du bist der Peppone."

„Hat dir das dieser geschwätzige Pope gesteckt?"

„Nein ich habe es mir aber gedacht."

„So das hast du dir gedacht, weist du, was ich mir denke? Hans-Günther klingt ziemlich vornehm und ist mir eigentlich auch viel zu lang, was hältst du von Hagü, Hagü klingt gut."

„Ja, Hagü klingt gut, das ist ein schöner Name, der gefällt mir", sagte Hans-Günther. Wie er von nun an nie mehr genannt werden sollte.

„So hier die neue Lage Bier, prost Hagü, prost Pep-pone." „Prost Camillo."

Die drei Männer saßen schon eine ganze Weile zusammen und unterhielten sich prächtig als die junge Frau, die Hagü auf der Düne stehend, mit einem Kopfnicken gegrüßt hatte, die Kneipe betrat. „Na, ihr seid ja eine tolle Gruppe, die Sonne steht noch hoch am Himmel und ihr seid hier schon am Bechern!" „Hallo Martha, darf ich dir unseren neuen Freund vorstellen, das ist Hagü."

„Hallo Hagü, ein merkwürdiger Name den sie haben, ich bin Martha."

„Früher hieß ich einmal Hans-Günther aber Camillo und Peppone haben mich Hagü getauft."

„Das sieht den beiden ähnlich, aber irgendwie passt das zu dir. Sag einmal, du warst doch heute Vormittag in dem alten Haus vom Fischer Hansen, bist du deswegen hier?"

Hagü erklärte noch einmal, dass er zufällig an den Abzweig an der Bundesstraße gekommen war und aus purer Neugierde dem Straßenschild ,Giebelwitz' gefolgt war. Genauso war es mit dem alten Haus. Das habe er erst gesehen als er auf der Düne stand. Von der Straße war es vor lauter Buschwerk nicht zu erkennen. Martha fragte, nachdem Hagü das nun alles noch einmal klar gestellt hatte, ob er sich auf einer Urlaubsreise befinden würde. Als Hagü, die Frage verneint hatte blieb ihm keine Wahl und er musste seine Geschichte erzählen. Die etlichen Bieren, die er mittlerweile getrunken hatte, waren sicherlich ursächlich mit dafür verantwortlich, dass es nur so aus

Hagü heraussprudelte. Aber vielleicht hatte er in den letzten Tagen auch einfach nur zu viel in sich hineingefressen und nun konnte er alles was seine Seele belastete hier in der Dorfkneipe abladen. Zudem machten es ihm Camillo, Peppone und Martha, die sehr geduldige Zuhörer waren, auch recht leicht. Hagü konnte an manchen Stellen der Erzählungen seine Tränen nicht zurückhalten und Martha musste in diesen Momenten immer auch weinen. Aber auch Camillo und Peppone haben sich in dem einen oder anderen Moment verstohlen über den Augenwinkel gewischt.

Mittlerweile war es draußen dunkel geworden und man hatte während Hagü erzählte auch noch das eine oder andere Bier oder Schnäpschen getrunken als Hagü feststellte: „Ich glaube, ich kann heute nicht mehr weiter fahren, gibt es hier im Ort eine Übernachtungsmöglichkeit?"

„Du kannst bei mir in der Ferienwohnung übernachten", bot Martha an.

„Das ist eine gute Idee", bestätigten die anderen zwei. Hagü schloss das Verdeck an seinem Morgan, den er an der Kapelle stehen ließ, nahm seine Tasche aus dem Wagen und lief mit Martha die Dorfstraße hinunter Richtung Düne.

„Ne tolle Tasche hat der feine Herr", meinte Martha. „Gefällt sie dir?", fragte Hagü.

Martha antwortete: „Nö, sieht aber teuer aus!"

Die Ferienwohnung in Marthas Häuschen war über einen separaten Eingang zu erreichen. Eine nett eingerichtete Stube, eine Kleine offene Kitchenette und ein kleines gemütliches Schlafzimmer zeichneten die Ferienwohnung aus. Alles geschmackvoll hergerichtet und auffallend sauber.

„Ist das in Ordnung für dich?", fragte Martha. „Ob das für mich in Ordnung ist? Das ist hervorragend, Martha. Vielen Dank dafür, dass ich heute Nacht hier schlafen darf."

Als Martha hinüber in ihren Bereich lief, rief sie noch: „Gute Nacht Hagü, schlaf gut!" „Gute Nacht", rief Hagü, legte sich auf das Bett und schlief in voller Montur sofort ein. Bier und Schnaps haben das Übrige dazu beigetragen, dass Hagü so schnell und so fest eingeschlafen war.

Als er erwachte erkannte er alleine am Stand der Sonne, dass es schon spät am Vormittag sein musste. Er stand vom Bett auf und sah an seinem Schlafzimmerfenster einen Notizzettel kleben.

»Guten Morgen, Frühstück ist bei mir in der Küche gedeckt. Warmer Kaffee ist in der Isolierkanne. Gruß Martha.«

Hagü ging um das Häuschen herum zum Haupteingang. Die Haustüre war nur angelehnt und Hagü rief zweimal laut in das Haus hinein:

„Martha, Martha."

Als keine Antwort kam, trat er ein und rechts im Flur sah er die offene Küchentür. Der Tisch war gedeckt mit Butter, Marmelade, Brot, Wurst und Käse. Es stand eine Isolierkanne auf dem Tisch, aber auch eine Flasche Orangensaft. Martha hatte wirklich an alles gedacht. Auch für den Brand nach einem Abend mit ungewohntem Alkoholkonsum, hatte sie eine Flasche Löschwasser bereitgestellt. Zunächst trank Hagü zwei Gläser von dem Sprudelwasser, bevor er eine Tasse Kaffee genoss. Er schmierte sich zwei Butterbrote und bestrich diese mit der leckeren, ganz offensichtlich hausgemachten Sanddorn-Marmelade.

„Guten Morgen Hagü! Na, von den Toten wieder aufgewacht? Camillo hat dich im Gottesdienst vermisst und lässt fragen, ob du wenigstens zum sonntäglichen Frühschoppen kommen würdest?"

„Guten Morgen Martha! Erst einmal vielen Dank für das vorzügliche Frühstück. Aber Camillo muss ich enttäuschen, ich glaube, ich hatte gestern wirklich ein Gläschen zu viel. Außerdem muss ich heute noch Auto fahren."

„Du willst heute schon weiter fahren, was ist denn dein Ziel Hagü?"

Das war eine gute Frage. Welches Ziel hatte Hagü eigentlich. Es gab kein Ziel, als er vor fast einer Woche in Hamburg aufbrach und es gab auch jetzt noch kein Ziel. Obwohl er ein merkwürdiges Gefühl in sich spürte, ein Gefühl des angekommen Seins. Also ein sehr angenehmes Gefühl.

„Martha, ein Ziel habe ich eigentlich nicht, würdest du mir denn deine Ferienwohnung für ein paar Tage vermieten?"

„Hier hat seit vielen Jahren keiner mehr Ferien gemacht, bleib solange wie es dir hier gefällt."

„Geht für die Zeit auch Vollpension? Sage mir was du von mir dafür bekommst?", fragte Hagü. „Da werden wir uns schon einig werden. Du kannst mit mir Frühstücken und zu Abend essen. Den Rest des Tages arbeite ich in der Klinik in Stralsund. Ich bin dort Hebamme im Tag Dienst."

Nach dem Frühstück ging Hagü in seine Ferienwohnung, duschte und rasierte sich und legte sich noch einmal aufs Ohr, bis es an das Fenster klopfte und Martha fragte, ob er wenigstens Lust auf einen Sonntagnachmittags Kaffee hätte. Martha hatte draußen auf der kleinen Veranda eingedeckt. Kaffee, selbst gebackener Streusel-Kuchen mit Blick über die Düne auf die Ostsee. Möwen kreischten gegen eine leichte von der See wehenden Brise, die jedoch von der Sonne angenehm aufgewärmt war. Die ganzen Umstände besänftigten Hagüs Seele und nach nun schon mehr als zwei Wochen das Isolde gestorben war, spürte er, wie dieser stechende Seelenschmerz nachließ und sich in ein angenehm beruhigendes Gefühl wandelte. Von der Veranda aus etwas mehr rechts schaute man auch auf das Grundstück mit dem alten unbewohnten Haus. Jetzt da Hagü wusste, dass es dort stand, erkannte er zwischen dem Buschwerk

die olivgrüne über das Reetdach gespannte Plastikplane. Er fragte Martha, wo denn dieser Fischer Hansen wohnen würde.

„Hinter der Kapelle", sagte Martha.

„In einem größeren Haus?" wollte Hagü wissen.

Martha lachte laut: „Hinter der Kapelle ist unser
kleiner Friedhof, der Fischer Hansen ist schon viele
Jahre Tod." Martha erzählte Hagü, dass nach Fischer
Hansens Tod noch viele Jahre lang sein Sohn mit Frau
und Tochter dort wohnten. Als dann auch Hansens
Sohn gestorben war, ist dessen Frau, mit ihrer Tochter nach Rostock gegangen. Seitdem waren die eigentlich nur sehr selten hier. Das letzte Mal vor drei
Jahren. Damals hatte die Tochter von Fischer Hansens Sohn die Plastikplane über dem Haus anbringen
lassen, um die Bausubstanz wenigstens ein wenig zu
schützen. Bei dem letzten Besuch erzählte sie auch
darüber, dass ihre Mutter gestorben sei und sie selbst
darüber nachdenken würde in das Ausland zu gehen.

Hagü stellte die rhetorische Frage. Ob diese Frau
das Haus verkaufen würde.

„Selbst wenn sie wollte, ist das nicht möglich." erklärte Martha. „Die Naturschutzbehörde würde uns
hier alle am liebsten umsiedeln und Giebelwitz sich
selbst und der Natur überlassen. Den Anschluss an
Strom, Telefon und Wasser mussten wir uns per Ge-
richt erkämpfen. Danach hat das Regierungspräsi-

dium alle ihre Rechtsmittel ausgeschöpft und veranlasst, dass Eigentum in Giebelwitz nur an direkte Nachkommen vererbt werden darf. Den Erben ist nur erlaubt Sanitäranlagen, Strom und Wasserleitung auf den neuesten Stand zu renovieren. Ansonsten dürfen die Häuser äußerlich nur so renoviert werden, dass das ursprüngliche Aussehen wieder hergestellt ist. Neubauten oder auch Anbauten sind strikt verboten. Für Fischer Hansens Haus bedeutet das: weißer Anstrich, blaue hölzerne Klappläden und eine blaue hölzerne Haustür als Eingangspforte. Und wenn man das alles gemacht hat, dann kommt das kostspieligste an der ganzen Sache. Denn das Haus von Fischer Hansen muss mit einem neuen Reetdach gedeckt werden. Für das was dieses Häuschen an Renovierungskosten verschlingen würde, dafür kann man sich in Hamburg eine Villa leisten. Und für ein so renoviertes Haus einen Mieter zu finden, das kannst du auch vergessen. Die Miete müsste so hoch sein, dass du dir überall an der Ostsee in Strandnähe etwas größeres und moderneres mieten könntest."

Hagü sah Martha an und meinte: „Das bedeutet, dass Fischers Hansens Enkelin das Haus vermieten dürfte. So wie es ist. Und ein möglicher Mieter dürfte das dann den Auflagen folgend renovieren?"

Martha fing laut an zu lachen, „Ja, das wäre den Regeln des Regierungspräsidiums folgend möglich. Diesen Idioten musst du aber erst einmal finden auf dieser Welt."

Hagü war mittlerweile schon eine Woche lang in Giebelwitz. Er merkte, dass es ihm guttat hier zu sein. Wenn Martha nach dem Frühstück zur Arbeit fuhr, dann nutzte er die Zeit, um die Gegend zu erkunden. Am liebsten waren ihm aber die langen Spaziergänge am Strand und wenn er von den langen Märschen, die er barfuß am Gestade der See machte, dann zog es ihn immer wieder zu dem Haus von Fischer Hansen. Er malte sich in seinen Gedanken bereits aus, wie es hier einmal aussehen könnte. Zumindest wurde Hagü eines klar. Niemals möchte er zurück in die alten Tretmühlen seiner Firmen. Er möchte auf keinen Fall die Freiheit, die er hier draußen an der Ostsee spürte, wieder aufgeben. Und er fühlte auch sehr deutlich die Zustimmung von Isolde, die ihn auf seinen Spaziergängen alleine an der Ostsee in seinen Gedanken stets begleitete. Am Nachmittag nach seinen Exkursionen an die See und in das nahe Umland war meistens Camillos Kneipe sein Ziel. Dort bekam er etwas zu trinken und stets ein offenes Ohr, dem Hagü seine Eindrücke mitteilen konnte. Heute war es jedoch Camillo der das Wort ergriff.

„Hagü, ich habe dich gestern Abend in Fernseher gesehen. In den Nachrichten gab es eine Suchmeldung nach dir. Man macht sich in Hamburg große Sorge, dass dir etwas zugestoßen sein könnte. Du solltest dich dringend dort melden und Entwarnung geben."

Hagü fühlte sich nun von seinem früheren Leben eingeholt, obwohl ihm dies auch in das Bewusstsein rief, dass er nicht einfach von der Bildfläche verschwinden kann, ohne seine Dinge in Hamburg zu regeln.

„Oh, Camillo, das habe ich alles total ausgeblendet, ich werde mich noch heute Nachmittag darum kümmern und mich in Hamburg melden, vielen Dank für den Hinweis."

Hagü gönnte sich noch seinen Nachmittagskaffee gemeinsam mit Camillo. Dann ging er zu seinem Roadster, der noch immer neben der Kapelle stand und holte sein Mobil Telefon aus dem Handschuhfach. Er konnte erkennen, dass ihm ein mittelstarker Empfang angezeigt wurde und noch 10 % Batterieleistung vorhanden waren.

Er schlenderte zurück in seine Ferienwohnung, schloss das Handy an das Ladekabel an und er machte sich Gedanken wen er wohl am besten anrufen solle.

Hagü entschloss sich dann seinen Rechtsanwalt zu kontaktieren, dort hatte er zudem noch Rechnungen offen für die Kosten, die für die Organisation von Isoldes Beerdigung angefallen waren.

„Hallo, Hagü hier!"

„Mit wem spreche ich bitte?"

„Hallo hier ist Hans-Günther, ich muss mich glaube ich einmal melden."

„Hans-Günther, Gott sei Dank, wir haben uns hier ja alle schon das Schlimmste zurecht gesponnen. Wo steckst du denn?"

„Ich bin in einem kleinen Dorf an der Ostsee wo ich etwas Abstand gewonnen habe und meine Gedanken sortieren konnte."

„Hans-Günther, jetzt solltest du aber genug Gedanken sortiert haben. Du wirst hier in Hamburg gebraucht. Die Leute sind alle kopflos und wissen nicht mehr wie sie die Kunden vertrösten sollen mit denen du Termine für die letzten drei Wochen vereinbart hattest. Und draußen in Blankenese in der Villa haben dein Gärtner und die Hausperle auch den Überblick verloren und rufen in ihrer Hilflosigkeit hier bei mir in der Kanzlei an."

Hagü antwortete: „Ja, du hast ja recht, die Dinge müssen geregelt werden. Aber ich habe dazu mittlerweile meine ganz eigenen Vorstellungen. Johannes, ich möchte nicht wieder in mein früheres Leben zurück. Einmal ganz abgesehen davon, dass das ohne Isolde auch gar nicht möglich wäre. Darf ich auf dich bauen, hilfst du mir dabei die Dinge abzuwickeln."

„Hans-Günther, ich weiß zwar im Moment nicht so genau was du meinst, aber natürlich helfe ich dir. Was schlägst du vor, wie soll das jetzt weiter gehen?"

„Ich komme am Montag nach Hamburg, können wir uns zum Abendessen im Atlantic treffen? Dort werde ich absteigen. Zurück in die Blankeneser Villa kann ich nicht gehen."

„Alles klar, am Montag um 19:00 Uhr ist das OK."

„Das ist OK!", sagte Hagü, „und gib Polizei und NDR Entwarnung, mir geht es gut."

Das Wochenende verbrachte Hagü noch in Giebelwitz im Kreise seiner neuen Freunde. Er besuchte am Sonntagmorgen den Gottesdienst von Camillo, um anschließend rüber zum Frühschoppen zu gehen. Dort war dann auch eine gute Gelegenheit mitzuteilen, dass er, Hagü, nun am Montag endgültig aufbrechen müsse, um in Hamburg seine Angelegenheiten zu regeln. Natürlich hatten alle Verständnis dafür, dass Hagü seine Sachen in Ordnung bringen musste. Trotzdem machte sich eine gewisse Traurigkeit breit. Es war schon erstaunlich wie in so kurzer Zeit, eine so enge Bindung zwischen Menschen entstehen kann, die sich vor etwas mehr als einer Woche noch völlig fremd und unbekannt waren. Am Montag nach dem Frühstück, warf Hagü seine Reisetasche auf den Beifahrersitz seines Morgan, er umarmte Martha am Gartenzaun und Martha drückte Hagü zum Abschied einen dicken Kuss auf die Wange.

„Hagü, wirst du einmal wieder kommen?"

„Martha, ganz bestimmt komme ich noch einmal wieder."

„Versprichst du das?" „Versprochen, großes Ehrenwort."

Als Hagü den Morgan startete und der Achtzylinder laut zu röhren begann, sah er am Dorfplatz

Peppone warten. Wie immer trug der Bürgermeister seine speckigen Jeans, ein T-Shirt und die Kutte vom Motorrad Club. Nach hinten im Rückspiegel sah Hagü Martha winken und er winkte durch das offene Verdeck zurück. Vorne hatte Peppone seine Gold Wing gestartet und eskortierte Hagü über die Landstraße die 15 km, bis zur Bundesstraße wo Hagü rechts abbiegen musste. Peppone stand mit seinem schweren Motorrad an der Bushaltestelle und winkte in Richtung Hagü.

„Mensch Junge, mach es gut und pass auf dich auf. Es wäre so schön, wenn wir uns einmal wiedersehen würden auf dieser Welt!"

Was die Giebelwitzer nicht wussten war, dass Hagü für sich längst entschlossen hatte wieder zurückzukommen. Zurück zu seinen Freunden und zurück an den friedlichsten Platz, den er in seinem Leben hat finden können.

Nach knapp 3 Stunden war Hagü in Hamburg und checkte im Atlantic ein. „Haben sie für drei, vier Tage ein Zimmer mit Blick auf die Alster?"

„Ja, gerne. Sollen wir ihren Wagen in die Garage fahren?"

„Ist nicht nötig, ich stehe schon in der Garage, danke! Könnten sie mir meinen schwarzen Anzug aufbügeln lassen und könnte mir jemand zwei, drei Hemden in Größe 42 besorgen. Ich bräuchte alles zum Abendessen."

„Ja gerne, das ist kein Problem, welche Farbe sollen die Hemden denn haben?"

„Weiß, blau oder rosa", sagte Hagü und ging in sein Zimmer. Er bestellte sich beim Room Service einen Imbiss und etwas zu trinken. Er schaute auf die Alster und bereitete sich auf das Gespräch mit seinem Anwalt vor. Gegen fünf Uhr klopfte ein Page an Hagüs Zimmer und brachte den Anzug und drei Hemden in den genannten Farben. Nachdem er sich geduscht und angezogen hatte, entschied sich Hagü für das hellblaue Hemd, dass er ohne Krawatte trug und ging hinunter in die Atlantic Bar wo er einen doppelten Espresso und ein stilles Wasser bestellte. Um 18:30 gesellte sich Johannes, sein Rechtsanwalt zu ihm in die Atlantic Bar.

„Sorry Hans-Günther ich bin etwas früher. Ich hoffe, das ist OK."

„Kein Problem, magst du noch einen Aperitif vor dem Essen?"

„Ja, gerne."

„Hallo Barkeeper, machen sie uns noch zwei kleine Holsten bitte."

Als die zwei Pils serviert wurden, stießen Hans-Günther und Johannes an.

„Prost, auf dein Wohl Hans-Günther. Gut siehst du aus. Braun gebrannt!"

„Danke, Johannes. Ich bin nach Isoldes Beerdigung planlos Richtung Nord-Ost gefahren und in einem kleinen Fischerdorf an der Ostsee gestrandet. Das hat mir geholfen etwas zur Ruhe zu kommen und die Seeluft hat bei den langen Strandspaziergängen ihr übriges getan."

Die zwei Herren gingen, dann hinüber in das Atlantic Restaurant wo Hans-Günther einen ruhigen Tisch reserviert hatte. Johannes erzählte, nachdem man die Menü Folge festgelegt hatte, was alles in Hamburg los war, nachdem Hans-Günther, nach Isoldes Beerdigung, einfach so verschwand. Er wusste auch einiges über die Ereignisse in Hans-Günthers Firmen zu berichten und darüber wie wichtig es sei, dass Hans-Günther wieder nach dem Rechten sehen müsse. Hans-Günther hatte jedoch andere Pläne. Und diese wurden an diesem Abend, nach alledem was sein Rechtsanwalt ihm aufzählte, noch verstärkt. Hans-Günther wiederholte nun noch einmal, was er Johannes gegenüber schon am Telefon angedeutet hatte. Nämlich, dass er Johannes Hilfe in Anspruch nehmen wollte. Hans-Günther teilte Johannes mit, dass die Kanzlei ihm drei ganz wesentliche Dinge erfüllen solle.

Zum ersten solle man sich darum kümmern und einen Käufer für die zwei Firmen finden. Die Bilanzen waren hervorragend und beide Firmen hatten in ihrem jeweiligen Segment einen guten Namen weit über die Grenzen Hamburgs hinaus. Einen Käufer dafür zu finden sollte kein Problem sein und vom Erlös sollte es sich gut und komfortabel leben lassen.

Als Zweites soll man sich bitte darum bemühen einen Käufer für die Villa in Blankenese zu finden. Die Villa wurde vor fünf Jahren von Grund auf saniert, stand auf einem sehr großzügigen Grundstück und war von der Straße schwer einzusehen. 2,5 M€ sollte die schon bringen. Auch bat Hans-Günther darum, dass einer der Freunde noch einmal durch das Haus geht und schaut, ob es vielleicht den einen oder anderen Privatgegenstand gibt, den man nicht mit dem anderen Hausrat verkaufen sollte.

Und dann kam drittens, eigentlich Hans-Günthers dringlichstes Anliegen. Es geht um eine Immobilie an der Ostsee. Es ist ein altes sehr heruntergekommenes Fischerhaus. Das gehörte einem Fischer Hansen, von dem heute noch eine Enkelin lebt. Bitte findet heraus, wer die Frau ist und wo sie lebt. Ich möchte diese Frau unbedingt kennenlernen um mit ihr über diese Immobilie sprechen zu können. Es gibt Hinweise, dass sie im Ausland leben könnte. Die Adresse des Anwesens ist Giebelwitz, Dorfstraße 12. Ein Grundstück direkt an der Düne.

Johannes hatte alles mitgeschrieben und meinte: „Gerne helfe ich dir Hans-Günther, hast du dir das aber auch wirklich gut überlegt. Das hört sich alles danach an, dass du deinem Leben einen kompletten Neuanfang verordnen willst, das wird nicht vielen hier in Hamburg gefallen."

„Johannes, glaube mir, das ist alles wohlüberlegt und Isolde hat mir zu all diesen Überlegungen ihre Zustimmung signalisiert." Johannes fragte irritiert nach: „Isolde, sagtest du Isolde, hat den Überlegungen zugestimmt?" „Ja, so habe ich das gesagt", erwiderte Hans-Günther.

Johannes Anwalts Kanzlei war dafür bekannt, dass dort die schweren und aussichtslosen Fälle mit Erfolg bearbeitet werden. Dass man Hagü jedoch zwei Tage nach dem Treffen im Atlantic Restaurant, eine Adresse von einer Gerda Hansen in Lucca in der nördlichen Toscana mitteilte, das war schon Rekord verdächtig. Zumindest sei das die Adresse, an die der Grundsteuerbescheid geschickt werden würde. Hagü packte ein paar Sachen zusammen, sagte an der Rezeption im Atlantic Hotel, dass er ein paar Tage weg sei, aber sein Zimmer behalten wolle. Er würde dort auch einige Privatgegenstände belassen. Er nahm ein Taxi zum Flughafen und flog nach Florenz, wo er einen Mietwagen buchte. Vom Airport in Florenz nach Lucca dauerte die Fahrt ca. eine Stunde. Dort musste Hagü den Wagen vor den mächtigen Altstadtmauern abstellen. Die Adresse lag innerhalb der mittelalterlichen Mauern von Lucca. Autoverkehr ist dort weitestgehend ausgeschlossen. Die Adresse war die einer kleinen Pension in der Nähe des Museums Guinigi.

„Das ist ja praktisch, dachte sich Hagü", er betrat die kleine Pension.

Eine schlanke, groß gewachsene blonde Frau begrüßte ihn: „Buongiorno, mi dica!"

Hagü fragte „do you speak english?"

„Wir können Deutsch sprechen, mein Name ist Gerda Hansen, was darf ich für sie tun?"

„Ich hätte gerne ein Zimmer für zwei Tage, aber sagen Sie bitte, woher wissen sie, dass ich aus Deutschland komme?"

„An ihrer Tasche ist ein Zettel befestigt mit einem Hinweis, dass sie wohl aus Hamburg angereist sind."

„Das haben sie gut beobachtet, haben sie ein Zimmer für mich frei?"

„Ich habe ein freies Zimmer, vermiete aber erst ab drei Übernachtungen, tut mir leid."

„Dann hätte ich gerne ein Zimmer für drei Nächte", sagte Hagü.

Er bekam ein Zimmer im zweiten Stock. Er nahm seinen Schlüssel und ging auf sein Zimmer. Mit der Tür ins Haus fallen wollte er nicht. Es wird sich schon eine Gelegenheit ergeben, um mit Gerda Hansen zu reden.

Am nächsten Morgen wartete Hagü mit dem Frühstück bis nach 10:00 Uhr. Das Frühstücks Buffet wurde von 7:00 – 10:30 Uhr angeboten und Hagü rechnete sich aus, dass die meisten Gäste früher frühstücken würden. Sein Plan ging auf. Als Hagü den Frühstück Salon betrat, war er dort mit Gerda

Hansen alleine. Während Hagü einen Cappuccino und ein Cornetto frühstückte, räumte Gerda Hansen das Geschirr von den anderen Tischen und pendelte zwischen Salon und Küche.

„Frau Hansen, haben sie einen Moment Zeit?"

„Ja, aber sagen Sie bitte Gerda zu mir."

„Gerne Gerda, mein Name ist Hagü."

„Das ist aber ein merkwürdiger Name, entschuldige."

„Diesen Namen gaben mir Camillo und Peppone"

„Mach keine Scherze, Don Camillo und Peppone genießen hier in Italien Kultstatus."

„Die Zwei meine ich nicht, ich meine Camillo und Peppone aus Giebelwitz."

Gerda erschrak und der freundliche Klang in ihrer Stimme schlug um.

„Was willst du von mir?"

Hagü merkte, dass er so wie das Gespräch verlaufen war, Gerda erschreckt hatte. Schnell gelang es ihm jedoch Gerda zu beruhigen. Er bot ihr auch an, dass er ihr seine ganze Geschichte erzählen wolle, kam nun aber erst einmal auf den wesentlichen Punkt zu sprechen.

„Gerda, ich kam zufällig nach Giebelwitz und habe genauso zufällig das kleine Fischerhaus von deinen Großeltern und Eltern hinter meterhohem

Unkraut und Buschwerk entdeckt. Und um es kurz zu machen, das Häuschen hat mein Interesse geweckt."

„Hagü, das tut mir jetzt leid, wenn du alleine deswegen den langen Weg von Hamburg nach Lucca gemacht hast. Selbst wenn ich wollte, ich darf dir das Haus nicht verkaufen. Das ist mir von der Naturschutzbehörde untersagt, das einzige was mir von dieser Seite erlaubt ist, das ist das Haus verfallen zu lassen. Und Grundsteuer darf ich bezahlen."

„Aber wenn du es verfallen lassen wolltest, dann hättest du vor drei Jahren nicht die kostspielige Plane über das desolate Reetdach spannen lassen müssen. Im Übrigen erfüllt die Plane einen guten Dienst, der Dachboden ist staubtrocken."

„Aber Hagü, was soll ich denn machen. Verkaufen darf ich das Haus nicht und um es zu renovieren, dafür bräuchte ich ein Vermögen, das habe ich nicht. Ich bin froh, dass es mit der Pension hier einiger Maßen klappt. Gerade in den Wintermonaten wird das auch immer eng."

„Gerda, du könntest das Haus doch vermieten."

„Vermieten, lachte Gerda laut, welcher Idiot mietet denn eine Ruine am Ende einer 15 km langen Sackgasse?"

„Ich, ich würde gerne einen Mietvertrag mit dir vereinbaren!"

„Und wie stellst du dir das vor?", fragte Gerda.

Hagü erklärte Gerda seinen Plan. Er wolle ihr eine nicht unerhebliche monatliche Miete überweisen. Möchte dafür aber, dass der Mietvertrag auf viele Jahre abgeschlossen wird und das ihm als Mieter erlaubt wird, das Haus im Rahmen der naturschutzbehördlichen Bestimmungen zu renovieren. Eine Untervermietung sollte dem Mieter nicht gestattet sein. In dem Fall, dass er das Haus irgendwann wieder verlassen wolle, würde das Haus ohne Erstattungsansprüche des Mieters an die Eigentümerin zurückgegeben werden.

„Und wo ist der Haken?", fragte Gerda.

„Es gibt keinen Hacken, glaube mir. Wenn du dem zustimmen könntest, dann lasse ich von meinem Anwalt einen Mietvertrag aufsetzen, den du von einem Anwalt deines Vertrauens überprüfen lassen solltest. Die Kosten für deinen Anwalt erstatte ich dir selbstverständlich."

„Hagü, das muss ich jetzt erst einmal verdauen. Bitte gib mir bis morgen Zeit, dann gebe ich dir eine Antwort."

„Ja klar, kein Problem. Sag mal Gerda, hast du heute Abend Zeit, dann würde ich dir gerne bei einem Abendessen die lange Version meiner Geschichte erzählen."

Gerda hatte Zeit und Hagü und Gerda genossen ein wunderbares Abendessen und nach Dolce und Cafe trank man gemeinsam noch eine Flasche des besten Primitivo den der Keller hergab. Dabei erzählte Hagü seine Geschichte und Gerda gewann schon jetzt Vertrauen in Hagüs Plan. Als Gerda dann am nächsten Morgen, Hagü den Cappuccino mit dem Cornetto zum Frühstück servierte, sagte sie: „Hagü, ich habe mich entschieden. Ich vermiete dir Opa Hansens Häuschen!"

„Gerda, du glaubst nicht welch große Freude du mir, damit machst. Ich verspreche dir schon heute, dass ich das Häuschen wieder herstellen und stets in Ehren halten werde. Vielen Dank!"

Der Rest war nun ausschließlich Sache der Anwälte und reine Formsache.

Hagü war nun schon fast zwölf Wochen lang im Atlantic und obwohl er an dem einen oder anderen Treffen mit Interessenten für seine Firmen teilnahm, wurde ihm die Zeit jetzt lang und es begann ihm die Decke auf den Kopf zu fallen. Als er hörte, das man mit den potenziellen Käufern der Firmen weitestgehend Einigung erreicht hatte und eine Absichtserklärung zur Übernahme der Villa in Blankenese ebenfalls gezeichnet war, da sah Hagü die Zeit gekommen, das Hotel-Atlantic wieder zu verlassen. Zumal die Mietverträge mit Gerda schon seit einem Monat unterschrieben waren und Hagü darauf brannte, diese Neuigkeit Camillo, Peppone und Martha mitzuteilen, auf deren Reaktion er gespannt war.

Wahnsinn was sich in fast zwölf Wochen in einem Hotelzimmer ansammeln lässt. Mehrere Kartons und

die Tasche musste Hagü in dem Morgan unterbrin-
gen und zum ersten Mal überhaupt belud er den über
den hinteren Kofferraum aufgesetzten Gepäckträger.
Das Verdeck ließ er geschlossen solange er auf der
Autobahn fuhr. Als er dann bei Rostock die Autobahn verließ, hielt er für eine kleine Pause an und
öffnete das Stoffverdeck. Die Sonne hat jedoch ganz
schön gelogen und es wärmer aussehen lassen als es
nun schon fast Mitte Oktober eigentlich war. Als
Hagü dann auf der rechten Seite das Bushäuschen erkannte, hat er sofort den Blinker nach links gesetzt
und ist in die Landstraße gebogen, um in den Laubwald Tunnel hineinzufahren. Dieser war nun jedoch
nicht mehr grün, sondern schillerte in allen Farben
des Herbstwaldes dominiert von gelb und rot Tönen.
Und dann nach fast einem viertel Jahr stand er wieder auf dem Dorfplatz in Giebelwitz.

Er stellte den Roadster neben die Kapelle und ging
rüber zur Kneipe. Bin gleich wieder da, stand auf einem Zettel und Hagü ging rüber zur Eiche und setzte
sich auf die runde Bank auf die Sonnenseite. Dort
muss er kurz eingenickt sein und wurde durch eine
vertraute Stimme geweckt.

„Vom Gartenzaun aus habe ich dein Auto an der
Kapelle stehen sehen. Wie schön, dass du wieder hier
bist, Hagü."

Martha war geradezu außer Atem und sie muss
wohl von ihrem Häuschen bis zum Dorfplatz gerannt
sein. Im nächsten Moment rief sie rüber zur Kapelle.

„Camillo, komm einmal vom Dach runter und schau wer da ist."

Hagü schaute nun auch Richtung Kapellendach und konnte erkennen, dass Camillo einer schwarzen Katze gleich auf dem Dach herum kletterte und versuchte die immer undichter werdenden Stellen zu flicken. Dieser stieg vom Dach und kam zu Martha und Hagü an die Eiche.

„Mensch Hagü, schön, dass du wieder zurückgefunden hast. Ich habe auf dem Dach das röhren des Sportwagens gehört, glaubte aber zu träumen. Wie lange wirst du denn bleiben?"

„Wenn du deine Kneipe aufschließt, dann werde ich es euch erzählen."

Die drei waren noch nicht an der Kneipe angekommen, da kam Peppone um die Ecke gebogen.

„Hab ich doch richtig gehört, hallo Hagü, schön dich wieder zu sehen. Dein Morgan macht einen Lärm wie ein Rudel röhrender Hirsche."

Als die vier Freunde am Stammtisch platz genommen und Camillo jeden mit einem Getränk versorgt hatte, erzählte Hagü, dass er Gerda Hansen in der Toskana aufgesucht habe und mit ihr einen Mietvertrag abgeschlossen hat. Er hätte nun freie Hand Fischer Hansens Haus wieder bewohnbar zu machen und er wäre fest entschlossen hier in Giebelwitz zu bleiben. Dann fragte Hagü, ob er für die Dauer der Renovierung, für die er den Rest dieses und das ganze nächste Jahr einplanen würde, bei Martha in der Ferienwohnung leben dürfe.

Natürlich würde er ihr eine angemessene Miete dafür zahlen.

Martha willigte ein und Camillo meinte:

„Kommt. Lasst uns darauf mit einem Glas Sekt anstoßen." Als Camillo nach einiger Zeit der Suche wieder hinter der Theke erschien, wo er durch die Falltür in den Keller abgetaucht war, hatte der doch tatsächlich eine Flasche »Dom Perignon« in der Hand.

„Weiß jemand von euch, ob so etwas schlecht wird?"

Peppone meinte „ist doch egal, wir wissen eh nicht wie das Zeug schmeckt, wenn es frisch ist."

Hagü meinte, ‚ein guter Jahrgang kann schon mal zehn Jahre lang liegen.' Worauf Camillo bemerkte: „dann passt es." Er ließ den Korken knallen füllte die vier Gläser und die Freunde prosteten: „Auf Hagü, auf gute Nachbarschaft, auf ewige Freundschaft, auf Giebelwitz."

Hagü hat sich dann in Marthas Ferienwohnung eingenistet und meldete sich bei der Meldebehörde. Als Adresse gab er an, er würde in Giebelwitz in der Dorfstraße 12 wohnen. Der Beamte im Meldeamt sagte jedoch direkt:

„Giebelwitz, Dorfstraße 12, das ist doch Fischer Hansens Haus, da kann doch keiner wohnen?" Hagü zeigte seinen Mietvertrag und der Beamte fragte: „kennen sie das Haus? "

„Ich kenne das Haus und ich werde es in den nächsten Monaten zu neuem Glanz erstrahlen lassen." „

Dann rate ich ihnen dringend zum Regierungspräsidium zu gehen, um bei der dortigen Naturschutzbehörde vorzusprechen. Sie sollten das mit denen abstimmen, bevor sie in die Bude etwas investieren. Wundert mich, dass die Hütte überhaupt noch steht? In dieser Ruine wohnen sie jetzt?"

„Na, ja eigentlich nicht wirklich, bis das Haus fertig renoviert ist, wohne ich bei Martha in der Dorfstraße 10 zur Miete in der Ferienwohnung."

„Haben sie einen Mietvertrag, den sie mir zeigen können?"

„Nein Schweinchen schlau, habe ich nicht."

„Wissen sie was auf Beamtenbeleidigung steht?"

„Entschuldigen sie bitte, das war mir jetzt einfach herausgerutscht, ich entschuldige mich vielmals."

„Schon gut, kommen sie wieder, wenn sie einen Mietvertrag in der Dorfstraße 10 unterschrieben haben."

Das war alles sehr ernüchternd und ein Vorgeschmack darauf, was Hagü noch alles bevorstehen sollte. Den Mietvertrag hatte er ja mit Martha schnell erledigt. Aber bei der Naturschutzbehörde wollte man sich nicht bewegen und auch den Mietvertrag wollte man nicht anerkennen. Hagü ließ die rechtliche Gemengelage daraufhin direkt von Johannes Kanzlei prüfen und über den gleichen Weg reichte er danach auch alle Renovierungsanträge ein. Diese Vorgehensweise erwies sich als äußerst Nerven schonend und beschleunigte die Dinge doch gewaltig. Weihnachten und Neujahr waren, aber dann doch schon vergangen als man endlich damit beginnen konnte, die Renovierungsetappen zu planen. Gerne hätte man die Genehmigung seitens der Behörde bis nach dem 1. März gedrückt. Von 1. März bis 31. Oktober untersagt nämlich das Bundesnaturschutzgesetz in § 39 die Rodung von Büschen und Bäumen. Aber genau das war die erste Arbeit, die gemacht werden musste. Zunächst musste das Gehölz auf Fischer Hansens Grundstück beseitigt werden um das Haus frei begehen zu können. Das Grundstück war fast 1600qm groß. Wir hatten zwar gerade erst Mitte Januar, die Wetterprognosen waren auch recht gut, aber Hagü wollte das alles weitestgehend alleine bewerkstelligen. Beim Frühschoppen nach dem Gottesdienst fragte Hagü in die Runde, wo denn in der näheren Umgebung ein Baumarkt wäre.

„Was brauchst du denn?", brummte Peppone.

„Ich muss das Gehölz auf Fischer Hansens Grundstück beseitigen. Damit muss, ich ende Februar fertig sein. Dann beginnt der Brutschutz."

Peppone schaute Hagü an und meinte: „Wir sind doch Freunde, oder?"

„Ja natürlich, was habe ich denn jetzt falsch gemacht."

„Nichts, aber merke dir, Freunde helfen untereinander. Alles was du zur Rodung des Grundstücks benötigst haben wir im Schuppen hinter dem Gemeindehaus liegen. Ansonsten mach mal keine Panik. Am Samstag gehen wir gemeinsam auf das Grundstück, ich bringe noch ein paar Freunde mit und dann kriegen wir das relativ schnell gezupft das Unkraut. Vielleicht benötigen wir noch ein zweites Wochenende mehr."

Hagü sagte: „Aber."

Und Peppone fiel ihm ins Wort „nix aber, ich habe dir eben gesagt wie das geht, basta!"

Auch Camillo und Martha boten ihre Hilfe an und die anderen aus der Dorfgemeinschaft, eben alle, die beim Frühschoppen waren, boten ihre Hilfe auch an. Hagü bedankte sich bei all, denen die Unterstützung anboten und Peppone sagt:

„wir kommen, wenn nötig darauf zurück."

Am Samstag wurde Hagü von einem ungewöhnlichen Geräusch geweckt. Die Sonne war gerade aufgegangen, also war es etwa 8:00 Uhr. Es müssen 25–30 allerschwerste Motorräder gewesen sein, die da gerade an Marthas Haus Richtung Düne vorbeigeblubbert sind. Hagü sprang aus dem Bett, schaute auf den Wecker, 8.15 Uhr, verdammt heute wollte Peppone mir helfen das Grundstück zu roden. Eine schnelle Katzenwäsche, in die Klamotten und dann zu Martha schnell einen Kaffee trinken. So jedenfalls der Plan. Als Hagü durch den Garten zu Martha lief, sah er am Ende der Straße wirklich 27 fette Bikes in mehreren Reihen, auf dem letzten Stück Asphalt vor der Düne abgestellt. Auf seinem Grundstück eine Horde Hünen in Biker Klamotten. Manche trugen, obwohl es Mitte Januar war nur Biker Hose, T-Shirt und Motorrad Club Kutte. Keiner war dabei, der nicht wenigstens einen Arm bis zum Handgelenk tätowiert hatte. Obwohl die Jungs erst wenige Minuten auf dem Grundstück waren, klapperten Äxte, heulten Motorsägen und es hatte sich schon so etwas wie ein Scheiterhaufen abseits des Hauses am äußersten Rand des Grundstücks aufgetürmt. Das Grundstück sah wirklich nach nur wenigen Minuten schon so aus, als wäre ein gefräßiger Schwarm Heuschrecken darüber hergefallen. Als Peppone sah, dass Hagü staunend hinter den Mopeds auf der Straße stand, kam er zu ihm gestapft und sagte:

„Moin, wolltest du nicht Grundstück roden? Wenn du dich nützlich machen willst, dann besorge 100 Mettbrötchen und 5 Kisten Kühlungsbräu. Aber mit Drahtbügel, an den Kronenkorken beißen sich die Jungs immer die Zähne kaputt."

„Darf ich noch einen Kaffee trinken?"

„Einen! Wenn die Jungs Hunger und Durst bekommen und haben nichts zu beißen, das willst du nicht wirklich erleben, glaube mir."

Hagü war schon auf dem Weg zu Martha, als Peppone rief: „Hier der Schlüssel von meinem Pi-ckUp in deine grüne Blechdose bekommst du das ja nicht hinein geladen."

Hagü trank eine Tasse Kaffee im Stehen und machte sich direkt auf den Weg. Zunächst zu Peppo-nes Grundstück wo der PickUp stand. Er erklomm das Fahrerhaus und glaubte Meterhoch über der Straße zu sitzen. Soviel Auto hatte er schon lange nicht mehr um sich herum. Wenn Peppone etwas mochte, dann musste es riesig und kraftstrotzend sein. Der PickUp war ein Chevrolet Silverado 1500 Extended, Bj. 1996. Hagü glaubte ein Monster zu steuern. Aber nach ein paar Kilometern begann es ihm Spaß zu machen und die fast 300 PS aus 8 Zylin-dern gaben dem Monster ordentlich Schub. Er parkte nach 32 km direkt vor der Metzgerei.

„Haben sie Mett-Brötchen?"

„Ja, haben wir."

„Hundert Stück bitte."

„Sie scherzen?"

„Nein, ich bräuchte 100 Mett-Brötchen."

„Solch eine Menge müssen sie vorbestellen mein Herr"

„Ich wurde auch von dem Bedarf überrascht, dass ich heute noch 100 Mett-Brötchen benötige weiß ich auch erst seit halb neun."

„Hören sie, Mett haben wir genug da. Wir fangen einmal mit den zwanzig Brötchen hier an und sie fahren vor zum Becker und schauen, ob sie dort 100 Brötchen bekommen. Fahren sie am Hofladen vorbei und besorgen sie ein Kilo Zwiebeln dazu."

Hagü fuhr an das andere Ende der Hauptstraße und ging in den Bäckerladen.

„Moin, haben sie Brötchen?"

„Mein Herr, wir sind ein Bäckerladen!"

„Entschuldigung, natürlich! Einhundert Brötchen bitte."

„Nun hören sie aber auf, was darf es bitte sein?"

„Eine Hefeschnecke und einhundert Brötchen."

Bevor sich die Bäckersfrau endgültig verschaukelt fühlte, klärte Hagü auf und bekam fünfzig Brötchen, weitere 150 waren noch im Ofen und Hagü konnte nach einer halben Stunde weitere 50 Brötchen holen. Im Hofladen ein Kilo Zwiebeln zu bekommen war einfach.

Die Zeit, die der Bäcker zum Brötchen backen und der Metzger zum Brötchen schmieren benötigte, die nutzte Hagü, um in den Getränkemarkt zu fahren. Und wenn er nun schon den PickUp von Peppone hatte, nutze er direkt die Gelegenheit um für Martha und sich den Getränkebedarf für die nächsten Wochen auch einzukaufen. Alles in allem hat die Aktion mit An- und Abfahrt schon einige Zeit beansprucht und als Hagü dann um 11:30 Uhr wieder zurück an

Fischer Hansens Grundstück war, da war es aber auch Zeit, da haben die Jungs bereits gewartet und sind über die Brötchen und das Bier hergefallen wie zuvor am Morgen über das Buschwerk.

Hagü konnte zu seinem erstaunen Fischer Hansens Haus nun bequem von der Straße aus sehen, die Horde Biker hatte in den letzten zweieinhalb Stunden ganze Arbeit geleistet. Wenn die Truppe noch ein wenig weiter macht, dann könnte Hagü in den nächsten zwei bis drei Wochen die Feinarbeit machen und wäre Mitte Februar fertig, wenn das Wetter mitspielt. Am 15. Februar war das Grundstück von allem störenden Gehölz befreit. Das ganze Dorf versammelte sich an diesem Abend auf der Düne bei Fischer Hansens Haus und der riesige Scheiterhaufen aus Gehölz und Reisig wurde unter Beaufsichtigung der freiwilligen Feuerwehr aus der Nachbargemeinde, angezündet. Für die Dorfbewohner war es eine große Gaudi und der freiwilligen Feuerwehr füllte die Spende von Hagü die klamme Kasse.

Nachdem das Grundstück von all dem Buschwerk und störenden Gehölz geräumt war, konnte nun endlich die Renovierung von Fischer Hansens Haus beginnen. Vor ein paar Wochen war Hagü ja noch voller Motivation dafür, die Renovierung ganz alleine machen zu wollen. Mittlerweile war jedoch in ihm die Einsicht gewachsen, dass er das mit seinem begrenzten handwerklichen Geschick alleine nicht schaffen kann. Auch wenn seine Freunde aus Giebelwitz alle mit anpacken, wird es am Ende nicht gelingen. Hagü suchte in der Umgebung nach professioneller Hilfe. Diese fand er dann bei einem Architekten, der auf die Renovierung alter Gemäuer spezialisiert war. Berthold John hieß der Mann und man sah ihm rein äußerlich schon an, dass er ein Altbau Restaurator sein musste. Er war leicht untersetzt, trug einen grau und weiß melierten Rauschebart und das schüttere Haar hatte er zu einem Pferdeschwanz zusammengebunden. Zu den stets schwarzen Klamotten trug er im Sommer als Schutz gegen die Sonne und im Winter zum Schutz gegen einen kalten Kopf eine knallrote Dogger Cap. Deshalb nannten ihn hier alle nur Boje.

Boje war ein Endfünfziger. Als Diplom Bauingenieur hat er auf allen Kontinenten dieser Erde Brücken gebaut und als er vor ca. 10 Jahren des Reisens müde wurde, da hat er in Bremen, wo er eigentlich seine Wurzeln hatte, das elterliche Anwesen verkauft. Auf einer Irrfahrt durch den Norden fand er dann hier oben an der Ostsee eine Fischerkate, die er als erstes Projekt renoviert hatte. Das verband ihn halt auch ein wenig mit Hagü, mit dem sich Boje auf Anhieb sehr gut verstanden hat. Darüber hinaus hat Boje der Auftrag gefallen. Zum einen erinnerte es ihn an sein allererstes Projekt, zum anderen war er froh sich um ein kleines Fischer Haus kümmern zu dürfen, denn die meisten Aufträge von Boje, das war die Renovierung großer Gutsherren Häuser, die hier oben in Mecklenburg-Vorpommern zu sehr günstigen Preisen neue Besitzer fanden.

Diese fangen dann fast alle in Selbsthilfe an und wollen ganz romantisch ihr Gutshaus ganz alleine wieder zu neuem Glanz erwecken. Bis sie dann früher oder später alle bei Boje landen. Als sich Hagü und Boje in Fischer Hansens Haus zum ersten Mal trafen, waren sie bis auf ganz wenige Ausnahmen jedoch einer Meinung darüber, was man denn wie herrichten wollte. Allzu viele Möglichkeiten ließ das Häuschen aber auch nicht zu. Zumal es eigentlich überhaupt nicht verändert, sondern nur moderner gemacht werden durfte.

Im Obergeschoss unter dem Dach planten die beiden nun das Schlafzimmer von Hagü, dahinter eine kleine Kammer als begehbarer Schrank, ein großzügiges Wannenbad und eine kleine Abstellkammer.

Im Erdgeschoss eine Stube und ein Esszimmer mit Kitchenette. Oder anders gesagt eine Wohnküche und eine Speisekammer.

Darüber hinaus war noch Platz für ein kleines Zimmer das man als Gästezimmer nutzen konnte und eine Gästetoilette mit Dusche.

Alles Weitere übernahm nun Boje. Er bestellte die notwendigen Handwerker, plante den Renovierungsablauf, und beaufsichtigte den Fortgang der Arbeiten. Hagü war auch jeden Tag in seinem neuen Zuhause, beobachtete den Baufortschritt und begann auf dem großen Grundstück den Garten anzulegen.

Er plante Wege, den Nutz- und den Ziergarten und baute einen Hühnerstall. Aber erst beim vierten

Versuch fand der Hühnerstall die Gnade von Boje. Dreimal davor hatte Boje den Stall, den Hagü mühsam aufgebaut hatte wieder abgerissen. Aber jetzt war er fertig und Boje zeigte sich mit Hagüs Werk zufrieden. Die blaue Eingangstür war schon vom Schreiner wieder eingebaut. Bis die blauen Klappläden eingehängt werden, wollte der Schreiner warten, bis das Haus weiß getüncht ist und das Reetdach on Top war. Mitte September war das Haus fertig und Hagü zog von Hausnummer 10 nach Hausnummer 12. Nun war er fast vier Monate früher als einst geplant. Zumindest hatte er den Mietvertrag mit Martha bis 31. Dezember abgeschlossen. Aber er versprach Martha den Mietzins wie im Vertrag geschrieben zu zahlen, was Martha nach einigem Hin und Her dann auch annahm.

Hagü genoss den ersten Abend in seinem neuen Haus und in der gemütlich eingerichteten Stube ganz alleine. Er öffnete sich die beste Flasche Rotwein, die er in seiner Speisekammer finden konnte und machte es sich zum ersten Male in seinem Ohrensessel bequem. Und mit jedem Glas wurde sein Zwiegespräch mit Isolde heftiger. Und obwohl Isolde nun schon vor fast ein und einem halben Jahr von ihm gegangen war, so war Isolde doch ganz nah bei ihm an diesem Abend.

Es war ebenfalls noch im September, als Hagü eines späten Vormittags auf dem letzten Stück Asphalt vor der Düne einen dunkelgrauen Porsche Panamera stehen sah. Der Fahrer schien zu telefonieren. Als ein

Herr aus dem Wagen ausstieg, erkannte Hagü Johannes, seinen Anwalt aus Hamburg. Hagü ging sofort aus dem Haus und lief Johannes durch den Garten entgegen.

„Hallo Johannes, was machst du den hier am Ende der Welt." „

Ich wollte dich abholen und zurück nach Hamburg bringen."

„Johannes, nicht mit tausend Pferden bringst du mich hier wieder weg."

Die zwei Männer gingen in das Haus und Johannes beglückwünschte Hagü zu seinem gemütlichen neuen Zuhause. Hagü überbrühte einen Tee als Johannes sein Anliegen mitteilte.

„Hans-Günther wir haben deine Firmen nun nach einem Jahr an den Mann gebracht. Bis hierhin konnten wir alles mit der erteilten Vollmacht erledigen. Das finale Stück Papier solltest du jedoch unterzeichnen. Die zwei Firmen bringen nach Abzug aller Kosten 38M€."

„Das hast du mit deinen Leuten gut gemacht Johannes. Würdest du das Vermögen bitte für mich verwalten? Überweise mir jeden Monat ein paar Tausend Euro auf mein Girokonto und schau, dass der Rest nicht schimmelig wird."

„Das habe ich befürchtet Hans-Günther, ich habe einen entsprechenden Verwaltervertrag vorbereitet. Die Villa haben wir nun auch an einen Interessenten verkaufen können. Wir mussten aber mit dem Preis etwas nach unten gehen. 1,9M€ hat die Villa am Ende gebracht."

„Sag mal Johannes, habt ihr das Inventar mit verkaufen können?"

„Ja weitestgehend. Meine Frau war mit zwei Freundinnen von Isolde noch einmal im Haus und die Drei haben die persönlichsten Dinge in drei Umzugskartons gepackt. Die Kartons habe ich im Auto. In die eine Kiste solltest du einmal hinein schauen, da ist Isoldes gesamter Schmuck drin. Eigentlich gehört der in ein Bankdepot. In der anderen Kiste ist Schnickschnack von dir. Ein paar Uhren, Füllfederhalter und halt die teuren Kleinode, die du weitestgehend in deinem Arbeitszimmer hattest. In der dritten Kiste sind fast ausschließlich Fotos. Von dir und Isolde als Kinder, von eurer Jugendzeit in Krummhörn, von der Studenten Zeit und von diversen Urlauben."

„Vielen Dank Johannes, magst du noch einen Tee? Wann musst du denn wieder fort? Bleibst du ein paar Tage bei mir? Im Gästezimmer hätte ich Platz für dich."

„Hans-Günther, du weißt doch die Kanzlei, ich kann mir das nicht erlauben."

„Auch nicht eine Nacht?"

„Hans-Günther, du hast recht, die eine Nacht die gönne ich mir. Aber bevor ich es vergesse, Isoldes begehbaren Kleiderschrank haben die Freundinnen einer ebenfalls befreundeten Second Hand Boutique Besitzerin gezeigt. Die hat alles aufgekauft. Ich hoffe das ist in Ordnung für dich"

„Ja, das ist OK, danke!"

„Hier Hans-Günther, in diesem Umschlag ist der Erlös daraus in bar, das müssten 7200 € sein."

Ohne in den Umschlag hineinzuschauen, faltete Hagü diesen in der Mitte und steckte ihn in die Hosentasche. Noch vor dem Abendessen holten die beiden Männer die drei Umzugskartons aus dem Panamera und trugen die Kisten in die Abstellkammer im Dachgeschoss. Hagü kochte für sich und Johannes ein einfaches aber leckeres Abendessen. Danach setzten sich die zwei in die Stube gönnten sich jeder eine Flasche guten Wein und erzählten bis weit nach Mitternacht.

Am nächsten Morgen als Hagü das Frühstück machte stand Johannes schon im Garten mit dem mobilen Telefon am Ohr. Und auch während und nach dem Frühstück hat Johannes immer wieder auf Nachrichten geschaut, eine kurze Mail geschrieben. Auch während dem langen Strandspaziergang wurde das Gespräch von Hagü und Johannes immer wieder von Telefonaten gestört. Hagü beschwerte sich nicht darüber. Er meinte es stünde ihm nicht zu, sich darüber zu beschweren. Gab es doch eine Zeit in

Hagüs Leben wo er sich genau so verhielt wie Johannes es nun tat! Nie war er im Traum darauf gekommen, dass das so störend sein kann. Aber er wusste auch, dass Johannes das so nicht auffiel. Viel zu sehr war er in dieser Tretmühle gefangen, viel zu wichtig war ihm seine Arbeit und seine Kanzlei. Viel zu sehr fühlte er sich diesen Anrufern und Nachrichten Schreibern gegenüber in der Pflicht.

Nein, in dieses Leben wollte Hagü nicht wieder zurück, viel zu sehr genoss er hier in Giebelwitz die Ruhe.

Wenn er etwas mitteilen wollte oder das Bedürfnis hatte etwas Neues zu erfahren, dann ging er zu Camillo in die Kneipe oder wenn die geschlossen war, weil Camillo einmal wieder sein Kapellendach versuchte zu flicken, dann saß Hagü halt mit Peppone auf er Bank unter der Eiche und im Frühjahr rückten sie immer wieder ein Stück weiter mit der Sonne, um die warmen Strahlen abzubekommen. Oder er stand bei Martha am Gartenzaun wo Martha auch immer wieder einmal einen Pott Kaffee dazu holte, um das Gartenzaun Gespräch etwas gemütlicher zu machen.

Hagü war richtig froh als der Panamera über den Dorfplatz davon fuhr, um dann im Laubwald zu verschwinden. Die Welt, von der Johannes erzählt hat, das war bei aller Freundschaft und Dankbarkeit Johannes gegenüber, nicht mehr Hagüs Welt. Es gab eigentlich in Hagüs Welt nur noch einen einzigen festen Termin in der Woche. Das war der sonntägliche Gottesdienst in der Kapelle.

Camillo brachte es wirklich fertig mindestens immer 20 Leute im Gottesdienst zu haben. Ob die alle gläubig waren? Das wusste Hagü nicht einzuschätzen. Manchmal kamen ihm sogar Zweifel daran, ob denn Camillo wirklich so gläubig war, wie er als Pfarrer gläubig sein sollte. Oder war der Lump nur ein geschäftstüchtiger Wirt. Denn kamen sonntags weniger als 20 Leute, dann öffnete Camillo die Kneipe nicht zum sonntäglichen Frühschoppen. Aber egal was die Wahrheit war, beides, den Gottesdienst und den Frühschoppen zelebrierte Camillo wie ein guter Pfarrer und ein guter Wirt.

Als Hagü am Sonntag nach Johannes Besuch im Gottesdienst saß und zu den Gebeten aufstehen musste, um sich dann wieder hinzusetzen, da spürte er, dass ihn etwas in der Hosentasche drückte. Hagü griff in die Tasche und hielt den gefalteten Umschlag mit dem Erlös für Isoldes Kleiderschrank in der Hand. Als der Gottesdienst vorüber war legte er den Umschlag beim Verlassen der Kapelle in den Opferstock. Camillo führte die Kirchgänger wie ein Hirte seine Schäfchen an und geradewegs in die gegenüberliegende Kneipe.

Camillo legte das Beffchen ab und band sich stattdessen einen gelben Schal um den Hals und schon war er ein komplett anderer Typ und sah gar nicht mehr wie ein Pfarrer aus. Nachdem jedem sein Kühlungsbräu serviert war, setzte sich auch Camillo an einen der Tische, dort wo halt gerade ein Platz frei war. Und die Gemeinde snackte über Fußball, Politik, Gott und die Welt. Da waren die Giebelwitzer keinen Deut anders als alle anderen Sonntag-Frühschoppen-Gänger in der Republik.

Zum sonntags Mittagessen war Hagü bei Martha eingeladen und danach ging er rüber zu sich und wollte in der Stube im Ohrensessel ein kleines Sonntags Mittagsschläfchen halten. Der Frühschoppen machte ihn auch nach einigen Monaten hier in Giebelwitz immer noch ein wenig müde.

Kaum war er eingenickt hörte er es an den Türrahmen der Stube klopfen.

„Hagü, schau bitte einmal was ich nach dem Frühschoppen im Opferstock gefunden habe."

„Camillo, ich war gerade eingenickt, wie kommst du denn hier herein?"

„Die Haustüre war wie immer offen, entschuldige. Schau bitte einmal was ich im Opferstock gefunden habe."

„Einen Umschlag. Sieht ziemlich zerknautscht aus. Was ist denn drin?"

„Hagü, als ob du das nicht wüsstest, dieser Umschlag ist doch von dir."

„Wie kommst du darauf Camillo?"

„In dem Umschlag stecken 7200 €, wer in Giebelwitz soll einen Umschlag mit 7200 € in den Opferstock stecken."

„Hör mal Camillo, du bist doch ein gläubiger Mensch, deshalb will ich dir erzählen, wer dir den Umschlag in den Opferstock gelegt hat. Dieser Umschlag gehörte einem Engel, der einst hier auf Erden gelebt hat. Jetzt im Himmel benötigt der Engel aber kein weltliches Gut mehr und hat seine schönen Kleider und Schuhe veräußern lassen. Und immer wenn du, Camillo, auf dem Dach herum kraxelst um die Löscher mit Teer zu verschmieren, da warst du dem Engel so nah, dass er gesehen hat, dass deine Kapelle dringend ein neues Dach benötigt. Außerdem ist es auch ein Schutzengel, der dich vor dem Sturz vom Dach bewahren möchte. Und dieser Engel namens Isolde hat dir den Umschlag in den Opferstock gelegt."

„Wenn das so ist Hagü, dann bin ich ja beruhigt. Noch vor den Herbststürmen lasse ich das Kapellendach decken."

Am darauffolgenden Sonntag erwähnte Camillo, dass man von der Kollekte des vergangenen Sonntags das Kapellendach neu decken lassen werde. Die Gläubigen schauten sich ungläubig an, aber ansonsten hat sich eigentlich keiner etwas dabei gedacht, auch beim Frühschoppen war es kein Thema. Aber noch vor Ende Oktober wurde das Dach mit neuen roten Ziegeln passend zum Ziegelgemäuer gedeckt.

Mehrere Jahre lebte Hagü nun schon in Giebelwitz und auch wenn sein Leben recht eintönig war, so hat er doch keinen Tag bereut den er mittlerweile hier in der ländlichen Idylle an der See verbrachte. Fischer Hansen Haus machte er zu einem Schmuckkästchen, was ihm auch seine Vermieterin Gerda Hansen bestätigte, der er Bilder in die Toscana sendete und mit der er in ständigem Mail Austausch stand. Zu ihr entwickelte sich über die Jahre eine wahre elektronische Brieffreundschaft. Und mittlerweile hielt er auch Anteile an Gerdas Pension, nachdem umfangreiche Renovierungen durchgeführt werden mussten, was Gerda fast zur Aufgabe zwang, da half Hagü gerne, um Gerda ihre Existenzgrundlage zu erhalten.

Gerade in den Frühjahrs und Sommermonaten hatte Hagü auf dem großen Grundstück fast täglich etwas zu gärtnern. Die Erträge aus dem Gemüsegarten und auch die Legeproduktion seiner Hühner war so groß, dass er Gemüse und Hühnereier mit Harribert Klett teilte.

Herr Klett war der älteste Bewohner in Giebelwitz und wurde von allen nur Harri genannt. Harri kannte sogar den alten Fischer Hansen noch zu Lebzeiten und war so etwas wie das wandelnde Geschichtsbuch von Giebelwitz. Harri hatte eine sehr bescheidene Rente und um diese aufzubessern, suchte er an der Ostsee nach Bernstein. Was Harri ein Zuverdienst zum Lebensunterhalt sein musste, das wurde für Hagü zur Leidenschaft und Harri war froh, dass er einen gefunden hatte, dem er sein Wissen über das

Bernsteinsuchen weitergeben konnte. Zudem machte es viel mehr Spaß zu zweit auf die Suche zu gehen.

Harri bestätigte Hagü, dass er einen ausgezeichneten Bernsteinblick hätte. Aber immer wenn die zwei unterwegs waren, bot Harri die Wette an, dass derjenige, der weniger Bernstein auf der Tour findet, dem anderem, bei Camillo ein Kühlungsbräu ausgeben musste. In den ersten beiden Jahren hat Hagü immer den Kürzeren gezogen und nach den Strandgängen musste er Harri stets ein Bier bezahlen. Aber mittlerweile hat sich das Blatt gewendet. Vielleicht lassen die Augen des Alten nach oder Hagü hat seine Lektionen über die Bernsteinsuche halt sehr gut gelernt.

Egal warum, aber wenn die zwei Bernsteinsucher nach der Strandtour nun in der Kneipe bei Camillo den Tag beenden, dann ruft Harri nun sehr oft: „Camillo zwei Bier bitte, auf meinen Deckel."

Aber wenn am Monatsende, Harri seine karge Rente bei der Post holt und als erstes seinen Deckel bei Camillo bezahlen möchte, dann heißt es immer: „Harri, lass mal stecken, den Deckel hat schon jemand bezahlt."

Neben dem Bernstein suchen hat sich Hagü noch eine zweite Beschäftigung am Strand gesucht. Seit nun schon einigen Jahren hat er sich zur Aufgabe gestellt, den Strandabschnitt Giebelwitz sauber zu halten.

Immer wieder wird Müll und anderes Strandgut, auch Holzplanken, aber vor allem dieses unselige

Plastikzeug am Strand angespült. Und Hagü sammelt das Zeug in einem Bollerwagen ein.

Den Bollerwagen hat er sich extra anfertigen und mit großen Ballonreifen ausstatten lassen. Mit diesen dicken Reifen kann er den Wagen gut über den Sandstrand ziehen und den Unrat einladen.

An einer nicht einsehbaren Stelle außerhalb von Giebelwitz, zwischen den Dünen, dort hat die Naturschutzbehörde für Hagü sogar einen Abfallcontainer aufgestellt. Wenn dieser dann voll ist, sagt Hagü Bescheid und der Container wird von der Naturschutzbehörde gegen einen leeren ausgetauscht.

Hagü ist es also gelungen, nach anfänglichen Schwierigkeiten auch mit der Naturschutzbehörde seinen Frieden zu machen. Entscheiden musste sich Hagü nun immer nur ob er an einem Tag Strandgut oder Bernstein sammeln will. Beides macht man nämlich vorzugsweise bei der gleichen Wettersituation.

Heftiger auflandiger Wind und starker Wellengang, sind eigentlich eine Garantie um Bernstein, aber auch um Unrat zu finden. Es war der 5. August. Hagü konnte durch das Giebelfenster in seinem Schlafzimmer im Bett liegend auf die Ostsee schauen. Die ganze Nacht tobte ein Gewitter. Der starke Wind blies von Nordwest und Hagü ist erst gegen drei Uhr eingeschlafen. Nun hatte sich das Wetter etwas beruhigt und die Sonne schien unterbrochen von den immer noch sehr schnell ziehenden Wolken.

Auf der See war ein nach wie vor hoher Wellengang zu erkennen, was Hagü an den bis ganz weit hinaus sichtbaren Schaumkämmen auf den Wellenrücken ausmachte.

Nach einem Frühstück mit Kaffee und Butterbroten beschmiert mit Sanddorn-Marmelade von Martha, musste sich Hagü nun entscheiden. Zu faul den Bollerwagen aus dem Schuppen zu holen, entschied sich Hagü, sein Glück mit Bernsteinsuchen auf die Probe zu stellen. Da ihm das Wetter unbeständig erschien, packte er in seinen Rucksack noch die Fleecejacke die inwendig mit einen Windbreaker versehen war. Eine Thermokanne voll heißem Pfefferminztee packte er dazu, nahm sein Bernsteinnetz und den Rechen, den er auf die Länge eines Spazierstockes gekürzt hatte.

Er ging über die Düne hinter seinem Grundstück und lief gen Westen am Gestade der Ostsee. So hatte er die Sonne im Rücken, was ihm ein angenehmeres Licht beim Bernsteinsuchen bot.

Erstaunlicherweise hatte der nächtliche Sturm gar nicht so viel Unrat wie erwartet angespült, also war es wohl eine gute Entscheidung sich heute für das Bernsteinnetz zu entscheiden und den Bollerwagen stehen zu lassen. Aber nach ca. 2 Stunden musste Hagü einsehen, dass auch die Bernsteine nicht wie erwartet in der Nacht angelandet sind.

Gerade einmal zwei recht kleine Harzklumpen stellten seine Ausbeute dar. Das war nicht viel. Aber es war halt auch August. Und im Sommer ist sowieso keine gute Bernsteinzeit. Am besten ist es in den Herbst und Wintermonaten, wenn das Wasser 3-4° kalt ist. Wenn das Wasser damit seine höchste Dichte hat, dann wird der Bernstein von den Strömungen am besten aufgewirbelt und schwimmt in den Wellenkämmen bis weit auf den Strand. Hagü hatte noch ca. 300 Meter bis zu einem markanten Felsen. Dieser ca. 1,5 Kubikmeter große Stein liegt am Strand und Hagü hat sich angewöhnt diesen Fels zu seinem Wendepunkt zu machen.

Bei normalem Wasserstand lag der Stein ungefähr 15 Meter von der Wasserlinie entfernt. Nach Gewitternächten wie der letzten, da stand das Wasser höher und die Wellen reichten bis zum Stein und die eine oder andere Welle umspülte den Stein sogar.

Als Hagü noch etwas näher kam, erkannte er, dass sich hinter dem Stein so etwas wie ein Plastikklumpen festgesetzt hatte.

Das war der Moment als Hagü entschied, auch heute bis zu dem Stein zu laufen bevor er umkehren würde. Er wollte den Plastikdreck noch weiter auf den Strand ziehen, um zu vermeiden, dass eine der größeren Wellen den Unrat eventuell wieder in die See zurückzieht. Als Hagü den Stein erreichte erkannte er, dass es sich um offensichtlich drei alte Schwimmwesten handelte die der Besitzer zusammengeschnürt und wohl über Bord geschmissen hat. Anzunehmen, dass er sich neuere mit GPS ausgestattete Schwimmwesten angeschafft hat. Es war Hagü unverständlich, dass man so etwas einfach in das Meer werfen muss, wo der Plastik, wenn er nicht strandet viele hundert Jahre im Wasser schwimmt und nicht selten im Bauch von großen Meerestieren landet und diese dann qualvoll verenden lässt.

Zwischen den gebündelten Schwimmwesten er- kannte Hagü auch eine Wärmefolie, so wie man sie aus Erste-Hilfe-Kästen kennt. Hagü nahm das Bündel an einer der Paketschnüren und wollte es mit einem Schwung weiter zurück auf den Strand werfen um den Plastikmüll, dann wenn er mit seinem Bollerwa- gen wieder unterwegs wäre, endgültig zu bergen und im Container zu entsorgen. Im Rückschwung des Paketes erkannte Hagü jedoch, dass aus dem ver- schnürten Klumpen Schwimmwesten ein Puppen- arm herausragte.

Er brach den Schwung ab, legte das Bündel auf die Erde, klappte sein Taschenmesser auf und durch- trennte die nassen Schnüre. Das Bündel viel ausei- nander und Hagü erschrak fast zu Tote.

Das war keine Puppe, das war ein kleiner Mensch, der in den Schwimmwesten verschnürt war. Sollte das Bündel gar nicht angeschwemmt worden sein? Wurde das Paket vielleicht hinter dem Stein abge- legt? Er fühlte dem kleinen Menschen an den Hals und konnte einen Puls spüren. Das kleine Etwas war völlig durchnässt, aber die Sonne war stark genug um es zu wärmen, immerhin war August.

Wohl durch Hagüs Tun geweckt, öffnete das Menschlein die Augen und schaute Hagü aus strahlend blauen Augen an. Das Köpfchen war voller blonder Locken. Das Kind war wohl noch kein volles Jahr alt und Hagü war eigentlich mit der Situation überfordert. Aber was sollte er machen? Er war ganz alleine und das nächste sichere Gebäude war Fischer Hansens Haus, wo er wohnte. Intuitiv entledigte er nun das Kind wenigstens seinen nassen Kleidern. Hagü konnte nun erkennen, dass es ein Mädchen war, das er hier am Strand gefunden hatte. Er öffnete seinen Rucksack und wickelte die Kleine in die Fleecejacke, die er vorsichtshalber eingepackt hatte. Dabei viel im auch seine Thermokanne mit dem Pfefferminztee in die Hand und heute verstand er auch erstmals für was dieser kleine Löffel an seinem Taschenmesser nutzen konnte. Hagü fütterte der Kleinen von dem Löffel an seinem Taschenmesser nun schlückchenweise warmen Tee und dem Mädchen schien dies wohl zu tun.

Hagü nahm die Kleine dann wieder aus der Jacke, um sich diese anzuziehen. Den Reißverschluss schloss er nur zur Hälfte und legte das Mädchen dann wie in einen Känguru-Beutel. Schloss den Reißverschluss bis über das Köpfchen, legte seinen Rechen, das Bernsteinnetz und die drei Schwimmwesten auf den trockenen Sand am Strand und begab sich nun schnellen Schrittes auf den Rückweg. Die Kleine lag ganz ruhig an Hagüs Brust und Bauch und schien in dem warmen Nest unter Hagüs Fleecejacke eingeschlafen zu sein. Und als auf einmal ganz warm und feucht ein kleiner Rinnsal durch Hagüs T-Shirt floss, das spürte er ganz deutlich wie das Leben in den kleinen Körper zurückgekehrt schien.

„Hoffentlich habe ich der Kleinen nicht zu viel Pfefferminztee gegeben?", fragte sich Hagü in Gedanken.

Als die zwei dann zurück in Fischer Hansens Haus waren und Hagü die Kleine auf das Bett im kleinen Erdgeschosszimmer legte, war sie ganz warm und trocken. Hagü wickelte das Mädchen in einen Pullover, deckte sie im Bettchen zu und war froh als er sah, dass die Kleine offensichtlich noch immer erschöpft von der Nacht wieder eingeschlafen war. Diese Ruhe dauerte aber nicht allzu lange und Hagü hörte ein Weinen aus dem Zimmer wo das Mädchen im Bett lag.

„Es wird ihr doch nichts weh tun waren Hagüs ersten Gedanken. Wäre nur Martha hier. Wie spät ist es denn eigentlich."

Hagü schaute auf die Uhr. 14:30 Uhr. Bis Martha von der Tagschicht aus dem Krankenhaus kommt, das dauert noch gut drei Stunden. Er überlegte, ob er anrufen soll. Vielleicht kann sie mir am Telefon eine Diagnose stellen.

„Aber wenn ich Martha jetzt anrufe, dann schickt die mir gleich einen Krankenwagen und dann nehmen sie mir mein Mädchen direkt wieder weg."

Hagü erschreckte sich aber direkt vor seinen eigenen Gedanken.

„Habe ich eben mein Mädchen gesagt, wie komme ich denn darauf."

Hagü war mit der Situation eigentlich immer mehr überfordert. Was die Kleine nicht davon abhielt ununterbrochen zu schreien. Es war dann letztendlich wohl ein Instinkt, der Hagü handeln ließ. Er kochte der Kleinen einen Grießbrei, den er in der Speisekammer fand.

Das Mädchen saß nun in dem großen rosa Pullover eingewickelt bei Hagü auf dem Schoß und aß gierig Löffel für Löffel von Hagüs Grießbrei. Irgendwann hat die Kleine weitere Löffel voll Brei verweigert und schien satt zu sein. Und tatsächlich als Hagü das Mädchen nach einer Weile wieder in das Bett legte, schlief sie bald wieder ruhig ein. Und Hagü muss neben der Kleinen auch eingenickt sein. Geweckt wurde Hagü wieder von dem Schreien des Mädchens.

Dieses Mal hörte es sich aber im Tonfall irgendwie anders an. Hagü nahm zudem einen nicht so wirklich angenehmen Geruch war. Als er nun die Decke anhob und der Geruch noch penetranter wurde konnte Hagü auch schon erkennen, dass sein rosa Pullover irgendwie eingesaut war. Nun geriet Hagü fast in Panik.

„Ob er diese Situation auch meistern würde?"

Große Bedenken machten sich bei ihm breit. 17:15 Uhr war es mittlerweile geworden. Hagü und die Kleine haben also den Nachmittag über gut geschlafen. „Noch 15 Minuten, dann müsste Martha kommen" so war Hagüs Hoffnung. Das Mädchen hatte sich noch einmal beruhigt und lag ruhig in ihrem Dreck, in einem wenigstens blütenweißen Bett, und einem überwiegend rosa Kaschmir Pullover.

Es war schon fast 17:45 Uhr als Hagü den roten 500er Fiat von Martha über den Dorfplatz flitzen sah. Als Martha den Fiat im Hof neben ihrem Häuschen abgestellt und noch nicht richtig ausgestiegen war, da stand Hagü bereits neben dem Wagen und fuhr Martha an:

„Wo bleibst du denn so lange, sonst bist du doch um 17:30 Uhr schon zu Hause?"

„Kontrollierst du mich wann ich nach Hause komme, was soll denn das?"

Martha war richtig sauer und ließ Hagü einfach im Hof stehen und ging durch die nur angelegte Haustüre in Flur und Küche, wo sie ein Einkaufsnetz voll mit ein paar Besorgungen auf den Tisch stellte. Als sie dann die Küche in Richtung Bad verließ wurde Hagü schon wieder ungehalten.

„Wo willst du denn jetzt hin, bleib doch einmal hier."

„Hör mal, ich weiß nicht was du heute genommen hast, das ist aber mein Haus und du musst mir nicht sagen was ich tun oder lassen soll. Setzt dich meinetwegen in die Küche und warte bis ich meine Krankenschwestern Tracht abgelegt, mich im Bad frisch gemacht und umgezogen habe. Du kannst uns zur Wiedergutmachung einen Kaffee überbrühen."

Keine fünf Minuten später, die Hagü wie eine Stunde vorkamen, war Martha zurück in der Küche und hatte des Krankenhaus Outfit gegen eine Bluejeans und ein rotes T-Shirt getauscht.

„Hör, mal Martha, wenn bei euch auf der Kinderstation die Kleinen etwas machen, wie macht ihr die dann wieder sauber?"

„Was sollen die denn machen, dass man sie sauber machen müsste?"

„Na ja, wenn die sich halt in die Hose machen und stinken."

„Dann macht man die halt wieder sauber."

„Ja, und wie?"

„Und wie! Die werden halt ausgezogen und in einer kleinen Badewanne abgewaschen und fertig."

„Und wenn man keine Badewanne hat?"

„Dann nehmen wir die Winzlinge und setzten sie in ein Waschbecken und waschen sie ab. Neue Windel an und fertig."

„Ist eine Windel zwingend?"

„Sag einmal Hagü, warst du heute Nachmittag schon bei Camillo? Was soll denn diese blöde Fragerei? Sag, hast du etwas getrunken?"

„Nein, ich war heute Morgen schon früh an der Ostsee nach Bernstein suchen. Die Seeluft hat mich aber wohl recht müde gemacht und ich habe am Nachmittag etwas geschlafen."

„Und dabei dann wohl schlecht geträumt", fügte Martha hinzu. „Sei bitte einmal ruhig Hagü."

„Warum?"

„Psssst….. weint da nicht ein Kind? Das kommt von dir drüben. Was ist denn hier los?"

Diese Frage hatte Hagü jedoch schon nicht mehr gehört. Er sprang von Marthas Küchenstuhl auf und war ohne weitere Hinweise schnell hinüber in Fischer Hansens Haus gelaufen. Martha lief direkt hinterher und war schon sehr erstaunt, als sie Hagü in dem kleinen Zimmer im Erdgeschoss mit einem kleinen Kind auf dem Arm stehen sah. Die Kleine schnippte noch ein wenig, hatte sich aber beruhigt, schaute Hagü mit ihren großen blauen Augen an und hatte ein zufriedenes Lächeln auf den Lippen. Hagü war nun an Händen und Armen beschmiert und sein T-Shirt war wie der rosa Pullover, in den das Mädchen eingewickelt war, so richtig eingesaut.

„Gib mir bitte die Kleine und gehe in die Gästedusche und zieh dir das T-Shirt aus und wasch dir die Hände. Danach lege mir bitte ein Handtuch in das

Waschbecken und lass mir bitte lauwarmes Wasser ein."

Martha setze die Kleine in das Waschbecken auf das Handtuch, damit sie nicht wegrutschen konnte. Es machte dem Mädchen sichtlich Spaß gewaschen zu werden und sie strampelte mit den kleinen stämmigen Beinchen im Wasser. Martha wickelte die Kleine dann in ein frisches Handtuch, ging mit ihr in die Stube und setzte sich mit dem Kind in Hagüs Ohrensessel. Dann sagte Martha:

„So mein Guter, jetzt setze dich hier bitte einmal auf die Tischkante und lass dir die Beichte abnehmen. Wo zum Teufel hast du das Mädchen her, wie heißt die denn?

„Bernadette", sagte Hagü.

„Bernadette? Und wo kommt Bernadette auf einmal her Bitteschön."

„Vom Strand, da habe ich sie heute Vormittag beim Bernsteinsuchen gefunden."

Martha wurde nun langsam doch etwas ungeduldig und veränderte die Tonlage.

„Aha, der Hagü ist also heute Vormittag am Strand gewesen und da kam auf einmal ein kleines noch nicht ein Jahr altes Mädchen entlang, hat gesagt, hallo ich bin die Bernadette und möchte jetzt mit dem Lieben Onkel Hagü nach Hause gehen, war es so vielleicht? Bitte sage mir jetzt wie das Kind hierhergekommen ist."

Hagü dem selbst bewusst wurde wie kindisch er sich Martha gegenüber verhielt, begann nun sachlich und wieder wie ein erwachsener Mensch zu erzählen wie er das Mädchen an dem Felsen in die Schwimmwesten eingewickelt gefunden hat. Martha hörte gebannt zu und meinte dann:

„Hagü, du hast ganz offensichtlich ein Findelkind gefunden. Irgend jemand muss die Kleine an dem Felsen abgelegt haben."

„Meinst du nicht, dass sie eventuell über das Meer angespült wurde?"

„Das kann ich mir nicht vorstellen", meinte Martha. „Das wäre ein Wunder. Hast du nicht mitbekommen, welch starker Sturm heute Nacht über dem Meer tobte? Nein, die Kleine wurde dort bestimmt abgelegt. Aber egal wie, wir müssen die Polizei informieren. Warum hast du das nicht längst schon gemacht?"

„Weil die mir meine Bernadette dann gleich wieder wegnehmen."

„Hagü, bist du verrückt geworden, du kannst Bernadette doch nicht einfach behalten. Wenn man ein Findelkind findet, dann muss man das gemäß § 24 PStG spätestens am folgenden Tag melden."

„Siehst du, am folgenden Tag, das ist Morgen. Ich gehe Morgen zu Peppone in das Dorfbüro und melde meinen Fund."

„Hagü, was ein Quatsch, wir können doch das Jugendamt in Stralsund anrufen, ich kenne da jemanden."

„Martha, du hast eben selbst gesagt, muss am folgenden Tag gemeldet werden."

„Hagü, du bist unmöglich. Das wird glaube ich nicht einfach mit euch beiden. Und im Übrigen, wie kommst du eigentlich darauf, dass die Kleine Bernadette heißt?"

„Den Namen habe ich ihr gegeben. Es ist ein althochdeutscher Name und leidet die Eigenschaften des Bären ab. Die Tapfere, die Starke oder die Mutige. All das ist mein Mädchen."

„Dein Mädchen, Hagü was glaubst du denn?"

„Schau doch wie sie mit mir lacht, Martha."

„Hagü morgen müssen wir das Jugendamt und die Polizei anrufen. Es geht auch darum nach den Eltern zu suchen, die die Kleine da am Felsen einfach abgesetzt haben."

„Vielleicht kam sie aber auch über das Meer", musste Hagü noch einmal bemerken.

Martha trug Hagü auf, ein paar Besorgungen zu machen, auch wenn es nur für eine Nacht war. Er solle ein paar Gläser Babynahrung besorgen, etwas Baby Creme, und ein paar Windeln. Beachte einfach die Altersangaben auf den Sachen. Die Kleine sitzt schon sehr gut alleine, sie wird so um die 10 Monate alt sein.

Hagü startete seinen Roadster. In dem Moment kamen Camillo und Peppone vorne am Dorfplatz direkt aus der Kneipe und erwarteten Hagü. Er konnte da jetzt nicht einfach so vorbei fahren also hielt er kurz an.

„Wo willst du denn hin, kommst du nachher noch auf ein Bier vorbei?"

„Sorry, ich muss für Martha noch ein paar Besorgungen machen. Danach habe ich heute Abend leider keine Zeit um noch einmal vorbei zu kommen."

Nach etwa einer Stunde war Hagü wieder zurück in seinem Haus, wo Bernadette auf Marthas Schoß sitzend quengelte. „Gut, dass du kommst. Die Kleine hat schon wieder Hunger. Zeig einmal was du bekommen hast?"

Hagü zeigte den getätigten Einkauf, den er auf den Küchentisch platziert hatte.

„Hagü, du solltest für eine Nacht und nicht für einen Monat einkaufen."

„Ich konnte mich nicht entscheiden, welches Babymenü ich nehmen soll."

„Und warum hast du 5 große Pakete Windeln gekauft?"

„Die waren im Angebot und so wesentlich günstiger als die kleine Packung."

„Ach so, na dann ist gut", lachte Martha.

Bernadette aß mit großem Appetit und es war erstaunlich, dass die Kleine überhaupt nicht fremdelte. Am liebsten hatte sie es mit Hagü zu tun und hat ihn geradezu angehimmelt und als sie auf dem Küchentisch liegend für die Nacht fertig gemacht wurde, hat sie laut mit Hagü gelacht. Martha legte der Kleinen eine Windel an und holte bei sich auf dem Dachboden aus einer alten Truhe ein paar Babykleider, die Marthas Mutter dort einst von Martha aufgehoben hatte. Dafür, dass die Sachen nun schon lange in der Kiste lagerten, waren sie gar nicht muffig. Weiß und rosa war die Kleine nun für die Nacht fertig gemacht und sie schlief schnell und offensichtlich zufrieden in Hagüs kleinem Erdgeschosszimmer ein. Martha verabschiedete sich und sagte:

„Bevor ich Morgen zur Arbeit fahre, komme ich zu dir, dann machen wir Bernadette fertig und danach rufen wir Polizei und Jugendamt an."

„Wenn es wirklich sein muss" meinte Hagü. „Ich schlafe im Ohrensessel, damit ich die Kleine gleich höre, falls sie wach werden sollte. Gute Nacht Martha, vielen Dank für alles."

„Gute Nacht Hagü!"

Die Kleine schlief ruhig und fest. Hagü saß in seinem Ohrensessel, hatte sich eine Flasche Bordeaux geköpft und dachte so stark wie schon seit Jahren nicht mehr an seine Zeit mit Isolde, damals in Hamburg als sie in den letzten Monaten schwanger war. Wie glücklich und voller Vorfreude hatten Isolde und

er das kleine Zimmer in der Villa in Blankenese renoviert. Alles hatten sie alleine gemacht, obwohl es ein
einfaches gewesen wäre einen Maler oder Tapezierer
zu beauftragen. Welchen Spaß hatten sie beim shoppen, als sie diese Jäckchen und Schühchen, diese kleinen Höschen und Söckchen gekauft hatten. Wie sie
mit Bedacht Babyspielzeug auswählten und sich be-
raten ließen, ob das auch alles pädagogisch wertvoll
sei. Und nun lag dieses kleine Mädchen im Nachbar-
zimmer, mit ihrem blonden Lockenschopf und diesen blauen Augen. Ob seine Tochter, die er mit Isolde
haben sollte auch so ausgesehen hätte? Nun nach so
vielen Jahren kamen Hagü Zweifel, ob es wohl richtig
war, sich das tote Kind nicht anzusehen. Aber Isolde
war doch auch blond und hatte diese schönen blauen
Augen, warum hätte unsere gemeinsame Tochter
nicht solche blauen Augen und solche blonden Haare
haben sollen. Hagü öffnete sich noch eine Flasche von
diesem vorzüglichen Bordeaux. Ohne daran zu denken, dass er heute Nacht gar nicht alleine im Haus
war. Und, dass es durchaus sein könnte, dass die
kleine Bernadette aufwacht und nach Hagü rufen
könnte. Aber das Mädchen schlief und Hagü war sich
nach einem weiteren Glas Wein zu 100 % sicher, dass
Isolde ihm die kleine Bernadette über das Meer geschickt hat, oder hinter den Felsen legte. Mit dieser
Gewissheit ist Hagü dann irgendwann eingeschlafen
und sah in seinen Träumen die kleine Bernadette in
seinem Garten herumtollen. Wie sie die Hühner jagte
und Eier aus dem Nest holte und im Traum turnte

das Mädchen fröhlich auf Hagü herum und schüttelte ihn an den Schultern.

„Hagü, es ist schon gleich sieben Uhr, Zeit aufzustehen, wir müssen nach der Kleinen schauen."

So wurde Hagü von Martha aus seinen Träumen gerissen. Die Zwei gingen gemeinsam in das Zimmer wo Bernadette die Nacht verbracht hatte. Hagü klappte die Fensterläden auf und mit wachen großen blauen Augen lag die Kleine im Bett und lachte Hagü und Martha an, so wie das nur Babys können. Martha wusch die Kleine wie am Vortag im Waschbecken der Gästedusche, zog ihr neue Windeln und neue Kleider an. Martha hatte die Babykleider am Vorabend auf die Leine im Garten gehängt, warum diese nun herrlich frisch nach der See rochen.

Während Martha dem Mädchen einen Brei verabreichte, brühte Hagü den Kaffee und schmierte für sich und Martha zwei Marmeladenbrote. Während des Frühstücks saß Bernadette auf der Bank in der Wohnküche an der Seite von Hagü und brabbelte und lachte zufrieden, ohne zu ahnen, was heute noch passieren würde. Martha erschrak Hagü mit den Worten

„wir müssen nun die Polizei anrufen und das Jugendamt verständigen."

„Können wir nicht warten bis heute Nachmittag, wenn du von der Arbeit zurückkommst. Meldepflicht besteht doch am folgenden Tag, den können wir doch noch abwarten."

„Hagü, du machst es dir doch immer schwerer. Außerdem machst du dich strafbar, es ist doch schon jetzt schwer genug zu erklären, warum du so lange mit der Meldung gewartet hast."

Natürlich musste Hagü einsehen, dass seine Vernunft diesen Kampf gegen seine Emotion verlieren würde. Und während er sich das insgeheim eingestand, hat Martha die Telefonnummer der Polizeistation auf dem Tastentelefon eingetippt, den grünen Knopf gedrückt und das Telefon an Hagü gegeben.

„Polizeiobermeister Gangolf, was kann ich für sie tun?"

„Hans-Günther Balthasar hier, ich rufe aus Giebelwitz an, Dorfstraße 12. ich habe ein Kind gefunden."

„Wie sie haben ein Kind gefunden, wann und wo haben sie ein Kind gefunden?"

„Gestern Vormittag am Strandabschnitt Giebelwitz."

„Gestern Vormittag am Strandabschnitt Giebelwitz und da melden sie sich heute warum erst jetzt?"

Hagü konnte eine gewisse Aufgeregtheit nicht verbergen und sagte sehr förmlich

„gemäß § 24 PStG muss ich das Finden eines Findelkindes erst am darauffolgenden Tag melden."

„Herr Balthasar, alles gut, beruhigen sie sich. Wie alt ist das Kind denn und in welchen Umständen haben sie das Kind vorgefunden, es liegt uns seitens der Polizei keine Vermissten-Meldung vor."

„Die Kleine ist schätzungsweise 10 Monate alt und war in mehrere Schwimmwesten eingepackt."

„Haben sie das Packmaterial noch?"

„Das liegt draußen am Strand an der Fundstelle."

„Benötigt das Kind einen Arzt?" „

Nicht das ich wüsste."

„Herr Balthasar, bleiben sie mit dem Kind wo sie sind. Ich schicke einen Streifenwagen und den Notarzt um sicher zu sein, dass mit dem Kind alles in Ordnung ist. Darüber hinaus informiere ich das Jugendamt in Stralsund. Auf Wiederhören."

Bernadette erzählte zufrieden in ihrer Babysprache und schlug mit einem Kaffeelöffelchen gegen ein Plastik-Deckelchen, das Hagü für die Kleine festhielt. Draußen kreischten ein paar Möwen, die sich um etwas Essbares stritten und der Hahn schrie im Hühnerstall und wollte wohl mit seinen Hennen in den Garten gelassen werden. Alles Geräusche, die Hagü an normalen Tagen so nicht wahrgenommen hätte. Aber man merkte, dass im Moment die Ruhe vor dem Sturm herrschte und in diesen Momenten nimmt man Geräusche viel deutlicher wahr, als das sonst der Fall ist.

Und schon war es mit der Ruhe vorbei. Von weitem, noch im grünen Tunnel des Laubwaldes hörte man ein Martinshorn. Ob vom Notarzt oder vom Streifenwagen, das konnte man noch nicht erkennen. Bevor die Einsatzfahrzeuge aus dem Laubwald kommend Richtung Dorfgrenze zu erkennen waren, kamen Camillo und Peppone schon auf den Dorfplatz gelaufen.

Alle anderen Giebelwitzer standen in ihren Vorgärten entlang der langen Dorfstraße und waren gespannt, wo die Kolonne der Einsatzfahrzeuge anhalten wird.

Ganz am Ende der Straße, auf dem letzten Stück Asphalt vor der Düne blieben der Notarzt- und der Streifenwagen stehen. Und man konnte gut erkennen wie zunächst zwei Rotkreuzhelfer und dahinter zwei Polizisten in das Haus von Fischer Hansen hineingingen.

Camillo und Peppone liefen die Dorfstraße nun ebenfalls in Richtung Düne, als sie von einem weiteren Auto zur Seite gehupt wurden. Das war ein ziviler hellblauer VW Golf. Die Dame vom Jugendamt wie sich herausstellen sollte. Schnell war klar, dass dem Kind nichts fehlt und niemand um die Gesundheit von Bernadette bangen musste.

Der Rettungswagen, war dann auch der erste, der sich von dem Einsatzort wieder entfernte.

Camillo und Peppone standen auf der Straße und trauten sich nicht in das Haus zu gehen.

Im Haus selbst, versuchte die Dame vom Jugendamt, was die Amtsleiterin höchst persönlich war, Hagü klar zu machen, dass sie das Kind mitnehmen müsse. Hagü wehrte sich dagegen mit den fantastischsten Argumenten und drückte Bernadette immer fester an sich mit den Worten

„ich werde ihnen Bernadette nicht mitgeben, Bernadette bleibt hier bei mir."

Die Dame vom Amt, die es zunächst auch mit guten Worten versuchte Hagü von der Notwendigkeit der Mitnahme des Kindes zu überzeugen, wurde zunehmend förmlicher in ihren Anweisungen.

„Und im Übrigen reden sie ständig von einer Bernadette, sie wissen doch gar nicht wie das Kind heißt. Wenn wir die Herkunft des Kindes nicht feststellen können, dann obliegt es dem Jugendamt dem Findel einen Namen zuzuordnen Herr Balthasar und nun fordere ich sie zum letzten Mal auf, dass sie mir das Kind aushändigen."

Auch die Polizisten ermahnten nun Hagü, dass er sich bitte nicht länger der Amtshandlung widersetzen solle. Martha bat darum, noch einmal kurz mit Hagü und dem Mädchen in das Nebenzimmer gehen zu dürfen. Dem gab man statt und als Hagü mit Martha zurück in die Wohnküche kam, übergab er das Mädchen der Dame vom Jugendamt.

In diesem Moment fing Bernadette zu schreien an. Das Geschehen bis dahin hatte die Kleine ruhig mit ihren blauen Augen auf Hagüs Arm beobachtet, doch jetzt wo die Dame vom Jugendamt Bernadette in den MaxiCosi setzte, fing die Kleine laut an zu schreien. Ohne viel Umschweife nahm die Jugend-Amtsleiterin das kleine schreiende Mädchen im MaxiCosi, schnallte diesen auf der Rückbank des VW Golf fest, wendete das Auto und brauste davon.

Hagü stand in seinem Vorgarten und es gab ihm einen Stich in sein Herz. Einen Schmerz wie er ihn zum letzten Mal vor mehr als sechs Jahren in einem Chefarztbüro in einer Hamburger Klinik verspürte. Camillo und Peppone schauten besorgt, ohne zu wissen, was hier eigentlich gerade geschah, nach ihrem Freund. Ansprechen konnten sie ihn nicht. Grund war, dass einer der Polizisten Hagü in den Garten gefolgt war und sagte:

„Herr Balthasar, kommen Sie bitte, wir haben da noch einige Fragen an sie zu richten."

„Hagü, kann ich dich alleine lassen, ich müsste nun dringend zur Arbeit fahren?"

„Ja ist gut Martha, geht schon, vielen Dank."

Bevor Martha in ihren Fiat stieg, um zur Arbeit zu fahren, weihte sie Camillo und Peppone im Schnelldurchgang in die Geschehnisse ein und bat die Zwei, ein Auge auf Hagü zu haben. Und während Hagü im Haus mit den Polizisten redete, setzten sich Camillo und Peppone auf die mit Strandhafer bewachsene Düne und warteten ab, wann die Polizisten wieder gehen würden. Doch bis das soweit sein sollte, das dauerte noch eine Weile. Hagü musste den beiden

Polizisten nun die ganze Geschichte von Anfang an noch einmal erzählen. Immer wieder wurde er in seiner Erzählung von Nachfragen unterbrochen.

„Haben sie am Strand jemanden gesehen? Ist ihnen etwas aufgefallen, was an diesem Tag anders war als an anderen Tagen? Wo genau hinter dem Felsen haben sie das Bündel gefunden?"

Und so weiter und so weiter.

Zwischenzeitlich kam noch ein ziviler Kleintransporter vor Hagüs Haus vorgefahren. Drei Herren kamen zu Hagü und den Polizisten in das Haus, sie stellten sich als Mitarbeiter des Landeskriminalamtes Abteilung Spurensicherung vor. Einer dieser Herren fragte dann,

„können sie uns zu der Stelle führen, wo sie das Mädchen gefunden haben?"

„Ja, gewiss", antwortete Hagü.

„Hier müssen wir über die Düne laufen und dann ist es ungefähr eine Stunde Fußweg am Strand entlang. Schneller geht es, wenn wir mit den Autos durch den Wald über die Waldwege fahren, bis an die Stelle wo der Naturschutzbund einen Abfall Container abstellt."

„Dann lassen sie uns zu den Fahrzeugen gehen."

Hagü wurde von einem der Streifenpolizisten gebeten auf der Rückbank des Streifenwagens platz zu nehmen. Der Polizist setzte sich neben Hagü auf die

Rückbank und der zweite Polizist steuerte den Streifenwagen. Die LKA Leute fuhren in dem Kleintransporter hinterher. Als die beiden Fahrzeuge über den Dorfplatz, weiter zur Landstraße und in den Wald fuhren, schauten sich Camillo und Peppone auf der Düne ungläubig an und begannen darüber zu spekulieren, warum die Polizei Hagü nun wohl mitgenommen hat. Nach einer nicht allzu langen Fahrt durch den Wald kamen die Fahrzeuge an die Stelle, wo man den Container abstellte. Nur wenige Schritte hinter dem Abfall Container hatte man freie Sicht auf die See und den langen und breiten Sandstrand.

„Sehen sie den Fels da vorne, das ist der Stein, an dem ich das Bündel gefunden habe", sagte Hagü zu den Beamten.

Nach weniger als drei Minuten waren die sechs Männer nun in unmittelbarer Nähe des großen Steines. Die LKA Beamten von der Spurensicherung sperrten den Strand nun zunächst in einem Radius von ca. 30 m um den Stein herum ab.

„Hier, das sind die Schwimmwesten und die Wärmefolie, die ich hier hinten hingeworfen habe."

„Nicht anfassen rief einer der Beamten."

Er zog sich Gummihandschuhe an und packte die Schwimmwesten und die Folie in einen großen Kunststoffsack. Gleiches tat er mit dem kurzen Rechen und dem Netz, die auf dem Stein lagen.

„Das gehört mir, das benötige ich zum Bernstein-suchen", bemerkte Hagü.

„Das können sie nach den Untersuchungen wie-der bekommen. Die Spuren hier sind die auch von ihnen?"

„Ja das sind alles meine Spuren!"

„Sie liefen barfuß?"

„Ja ich lief barfuß."

„Dann würde ich gerne einen Gipsabdruck von ih-rem Fuß machen, ist das in Ordnung für sie?"

„Da habe ich kein Problem damit."

Einer der Beamten zeigte sich verwundert, dass man offensichtlich nur Spuren von Hagü fand. Das wäre merkwürdig, da der Stein doch mindestens 15 m vom Gestade entfernt war. Hagü wusste dafür eine Erklärung

„bei Sturm und auflandigem Wind, dann ist das Wasser höher und die Wellen reichen bis zu dem Fel-sen, so war es auch gestern Mittag noch. Nach dem Sturm vorgestern Nacht reichten die Wellen immer wieder einmal bis zu dem Stein hin. Das war ja auch der Grund warum ich bis hier hingelaufen bin, um das Plastikbündel weiter nach hinten zu werfen."

„Das wollte ich sie ohnehin noch einmal fragen, warum sie sich den Weg machten, um ein altes Stück Plastik nach hinten zu werfen. Das kommt mir noch merkwürdig und verdächtig vor", sagte einer der Polizisten.

„Weil ich es als meine Aufgabe erachte die Natur vor diesem Plastik Müll zu schützen, soweit das in meiner Macht steht. Wenn ich nicht nach Bernstein suche, dann sammele ich den Plastikmüll ein, weil ich nicht möchte, dass Tiere dieses Meeres elend daran verrecken. Und weil das Wasser gestern bis an den Stein reichte, deshalb wollte ich verhindern, dass das Plastikbündel wieder in des Meer gespült wird. Was ist daran merkwürdig und verdächtig?"

„Das ist sehr sinnig was sie hier erklären, ich glaube, ich muss mich bei ihnen für meine Frage entschuldigen. Entschuldigen Sie bitte!"

„Schon gut, entschuldigen sie, dass ich mich aufgeregt habe, aber das mit dem Plastikdreck, das ist mir wirklich ein Anliegen."

Nun gingen die drei LKA Beamten noch einmal in einer Reihe über das abgesperrte Areal um den Stein herum, um dann festzustellen, das war es. Hier finden wir weiter nichts mehr. Die Beamten klärten Hagü nun über das weitere Vorgehen auf.

„Wir werden die Untersuchungen beim LKA abwarten und über das Untersuchungsergebnis und unseren Erkenntnissen aus ihrer Aussage einen Bericht erstellen. Wenn dieser fertig ist, dann laden wir sie auf das Revier ein und werden sie bitten, den Bericht zur Kenntnis zu nehmen und zu unterschreiben. Ansonsten sind wir hier jetzt erst einmal fertig."

Hagü fragte: „Fertig? Und was ist mit Bernadette meinem Mädchen? Wann bekomme ich die Kleine zurück?"

„Herr Balthasar, das ist Sache des Jugendamtes. Wenn der Bericht fertig und von ihnen unterschrieben wurde und wenn unsere nun zu startenden Nachforschungen keinen Aufschluss auf die Herkunft des Mädchens ergibt, dann muss das Jugendamt einen Namen und das Geburtsdatum für das Kindes festlegen und eine Pflegefamilie suchen oder das Kind zur Adoption freigeben. Aber wie gesagt, das ist nicht in unsrer, sondern in der Verantwortung des Jugendamtes."

Die LKA Beamten legten den Sack mit den Schwimmwesten und den Sack mit dem Rechen und dem Netz in den Transporter und fuhren davon. Die Polizisten im Streifenwagen hinterher und Hagü stand da am Container. Dann bremste der Streifenwagen, man sah, dass sie den Rückwärtsgang einlegten und die 50 m Meter, die sie schon gefahren waren, zurückkamen.

„Herr Balthasar, entschuldigen Sie bitte, können wir sie nach Hause bringen?"

„Vielen Dank, das wäre nett."

Als der Streifenwagen auf den Dorfplatz fuhr, bat Hagü aussteigen zu dürfen, er hätte noch etwas zu erledigen. Die Polizisten verabschiedeten sich mit dem nochmaligen Hinweis, dass er eine Ladung auf das Revier bekommen würde.

Auf der Treppe zur Kneipe standen Camillo und Peppone und warteten auf den Freund, der heute eine ganz besondere Geschichte zu erzählen hatte. Hagü berichtete den Beiden nun noch einmal ausführlich und in jedem Detail was in den letzten beiden Tagen alles geschehen war. Camillo und Peppone spürten wie sehr das alles Hagü berührte und wie sehr er darunter litt, dass ihm das Mädchen weggenommen wurde. Es war erstaunlich, wie so eine ganz kurze Begegnung mit einem Menschen, in diesem Falle mit einem sehr, sehr kleinen Menschen, doch von Jetzt auf Gleich eine solch enge Zuneigung entstehen lassen kann. Bei Hagü waren die Ereignisse von vor sechs Jahren wieder so präsent, als wäre es gestern gewesen, dass Isolde von ihm gegangen war. Er fühlte wieder diesen ungemein starken Seelenschmerz, den er glaubte, überwunden zu haben. Besorgt schauten Camillo und Peppone hinter Hagü her, als er gegen Abend die Dorfstraße in Richtung Düne hinunterlief. Sie schauten ihm nach, bis er in Fischer Hansens Haus verschwand.

Hagü setzte sich in der Stube in seinen Ohrensessel, er zündete sich eine Kerze an, und erlebte einmal wieder einen dieser einsamen und die Seele belastenden Abende, die er glaubte, hinter sich gelassen zu haben. Erst als er sich einen seiner schweren Rotweine öffnete und nach einer gewissen Zeit die Seele, auf der roten Pfütze, in seinem Inneren zu schwimmen begann, da beruhigte sich der Seelenschmerz ein wenig und Hagü schlief im Ohrensessel ein.

Irgendwann war es auch der Kerze danach ihre Flamme von einem sanften Luftzug löschen zu lassen und nur der volle Mond erleuchtete die nun friedliche Szene in der Stube von Fischer Hansens Haus, bis die erwachende Sonne, die Amsel animierte ihr Morgenlied zu zwitschern und Hagü in einen neuen Tag erwachte.

Er dachte zurück an den gestrigen Morgen als er gemeinsam mit Martha, die kleine Bernadette weckte, im Waschbecken der Gästedusche gewaschen hat und wie er gemeinsam mit Martha und Bernadette, wie eine kleine Familie, in der Wohnküche gefrühstückt hatte. Um sich ein wenig abzulenken, kümmerte sich Hagü einmal wieder um seinen Garten. Er mähte den Rasen, wässerte das Grün um dann den Hahn mit seinen Hennen in den Garten zu lassen. Der frisch gewässerte Rasen bescherte den „Deutschen Sperber" ein Festmenü bestehend aus Würmern und Schnecken und es amüsierte Hagü mit anzusehen, wie die Hennen an den Würmern zogen, um diese aus ihren Erdröhren zu ziehen.

Nach getaner Arbeit, wanderte Hagü über die Düne und spazierte gedankenverloren entlang am Gestade der Ostsee, bis er an dem Stein war, wo er vor drei Tagen das kleine Mädchen gefunden hatte. Er setzte sich auf den Stein und schaute hinaus auf die See. Vor seinem geistigen Auge spielte noch einmal der Film von der Situation, als Hagü das Bündel Plastik zum ersten Mal hinter dem Stein erkannte. Auch nun fiel ihm nicht auf, dass er um den Stein im

Sand Spuren wahrgenommen hätte. Was ihm jedoch deutlich in der Erinnerung haften geblieben ist, war die Tatsache, dass die Schaumkronen der Wellen bis an den Stein und darüber hinaus ausliefen. So weit, dass Fußspuren, sollten da wirklich welche gewesen sein, vom Wasser planiert worden wären. Er konnte sich aber auch durchaus vorstellen, dass in der Nacht, zum Höhepunkt des Gewittersturmes, das Wasser noch viel höher stand und der Stein eventuell komplett von den Wellen umspült wurde. Auch träumte er wieder davon, dass höhere Mächte ihm das Mädchen gesandt haben, und man ihm diese Gabe des Schicksals ungerechtfertigter Weise wieder genommen hatte. Hagü nahm auf dem Stein sitzend, so stark wie schon lange nicht mehr, Kontakt zu Isolde auf und beklagte, dass man ihm seine kleine Bernadette einfach wieder genommen hat. Zurück an seinem Grundstück, rief Hagü die Hühner in den Stall, verschloss den Verschlag für die Nacht und sinnierte einen weiteren Abend in seiner Stube.

Das ging nun schon fünf Tage so, als zum Frühstück das Telefon läutete.

„Hagü hier."

„Hier ist Polizeiobermeister Gangolf, spreche ich mit Herrn Hans-Günther Balthasar?"

„Ja, am Apparat!"

„Herr Balthasar, die Berichte sind fertig, wann könnten sie zur Wache kommen, um diese zu unterschreiben?"

„Wenn es ihnen möglich ist, kann ich in einer Stunde bei ihnen auf dem Revier sein."

„Das wäre OK, sagen Sie bitte am Empfang, dass sie einen Termin bei mir auf der Wache haben."

Hagü erledigte seine Morgentoilette und seit vielen Monaten zog er sich einmal wieder ein weißes Hemd an, auch die Jeanshose ersetzte er durch eine lindgrüne baumwollene Chino, er band sich lässig einen dünnen Schal um den Hals und warf sich einen Kaschmir-Pullover über die Schultern. Als er sich so bei Camillo abmeldete und sagte, dass er auf die Polizeiwache fahren müsse, hat der ihn angesehen, als wäre er ein Fremder.

Am Empfang der Polizeiwache, sagte Hagü, wie ihm aufgetragen war, dass er einen Termin bei Polizeiobermeister Gangolf hätte.

„Ja, Herr Gangolf wartet auf sie, wenn sie die Treppe nach oben gehen ist es die dritte Tür auf der linken Seite."

Hagü ging den beschriebenen Weg und klopfte an die Tür.

„Herein", rief es durch die Tür.

Hagü trat ein und POM Gangolf bat ihn Platz zu nehmen, er reichte ihm einen umfangreichen Bericht und bat ihn diesen zu lesen, bevor er dann bitte unten rechts unterschreiben solle. Hagü las den Bericht, gegen die beschriebenen Tatsachen war nichts einzuwenden. Der Text selbst erschien Hagü jedoch so gefühllos, als hätte er eine x-beliebige Aktentasche mit zwei frischen Leberwurst-Broten hinter einer Parkbank gefunden. Aber wie gesagt, objektiv war das alles richtig wieder gegeben. Zum Ende des Berichtes stand dann.

»…....….. Mit mehr als 90 prozentiger Wahrscheinlichkeit wurde das Findelkind hinter dem Stein in Nähe der Störtebeker Schneise abgelegt. Auch wenn keinerlei Spuren explizit darauf hinweisen, so ist doch anzunehmen, dass die Person, die das Kind ablegte, sich dem Stein aus Richtung Gestade genähert hat und dort verursachte Spuren, von dem durch das Gewitter höheren Wasserstand, bis zum Auffinden des Findels, von den anlandenden Wellen beseitigt wurden. Die Schwimmwesten sowie die Wärmefolie, in der das Findel verpackt war, wiesen keinerlei Spuren auf. Die ebenfalls sichergestellten Gegenstände (Rechen und Bernsteinnetz) konnten eindeutig dem Finder zugeordnet werden. Gleiches trifft auf die vor Ort gefundenen Fußabdrücke zu. Auch diese sind identisch mit der beim Finder genommenen Abdruckprobe. Nach Abstimmung mit der Küstenwache, erscheint es ausgeschlossen, dass der Findling über die See angelandet wurde. Die im Küstenbereich vorherrschenden Strömungsverhältnissen schließen das mit sehr hoher Wahrscheinlichkeit aus, dass der starke, zum Zeitpunkt des nächtlichen Gewitters herrschende Nordwest-Wind, dies anders beeinflusst haben könnte, ist als sehr unwahrscheinlich zu beurteilen. Eine bundesweite Fahndung hat erge-ben, dass es zurzeit keine Vermisstenanzeige gibt, die sich auf eine Person mit Alter und Geschlecht des Findels beziehen würde. Auch gibt es keine Hinweise auf Unfälle, auch nicht von der deutschen Küstenwa-che, die Rückschlüsse auf das Schicksal des Findels zulassen würden. Aufgrund dieser Gemengelage ist nicht festzustellen, welcher Herkunft das Findel ist. Ein entsprechender Bericht wird dem Jugendamt übergeben, damit man dort weitere Maßnahmen ge-mäß § 24 PStG einleiten kann.«

„Was bedeutet der letzte Hinweis, dass keine Her-kunft festgestellt werden kann und man das Jugend-amt darüber informiert?" War die bange Frage von Hagü.

POM Gangolf antwortete: „Wenn bei einem Fin-delkind keine Herkunft festgestellt werden kann, dann muss das Jugendamt gemäß § 24 PStG durch ei-nen Amtsarzt ein Geburtsdatum feststellen lassen und für das Findelkind einen Namen festlegen, damit eine Abstammungsurkunde ausgestellt werden kann. Wenn das Kind auf deutschem Staatsgebiet ge-funden wird, bekommt es zudem die Deutsche Staatsangehörigkeit zugesprochen. Solange, bis das Gegenteil belegt werden würde. Dann wird das Kind an eine Pflegefamilie gegeben, bis es einer Adoption zugeführt wird."

„Aber meine Bernadette hat doch schon einen Na-men und ihre Pflegefamilie, das bin doch ich."

„Herr Balthasar, das Thema hatten sie doch schon einmal mit meinen Kollegen von der Streife diskutiert. Das ist nicht im Ermessen der Polizei. Wir haben unsere Verantwortung erfüllt. Für uns ist der Fall abgeschlossen. Alles andere ist Aufgabe des Jugendamtes und das Jugendamt ist nun auch ihr Ansprechpartner."

Hagü unterschrieb den Bericht und verließ das Polizeirevier, nachdem er die Dame am Empfang gebeten hatte, ihm Adresse und Leitung des Stralsunder Jugendamtes mitzuteilen.

Eine halbe Stunde später fragte Hagü nach einem Termin bei der Leiterin des Stralsunder Jugendamtes.

„Frau Ingeborg Mitzkat hat einen außer Haus Termin und wird erste gegen 16:00 Uhr wieder hier sein."

„Wo kann ich warten?", fragte Hagü.

„Wenn sie möchten auf der Flurbank vor Frau Mitzkats Büro. Am Ende des Ganges rechts."

Hagü bedankte sich, fand schnell das Büro von Ingeborg Mitzkat und setzte sich auf die braune Holzbank rechts neben der Bürotür."

Es war kurz nach vier, als Hagü zunächst das Klappern hochhackiger Schuhe hörte, und dann sah er Frau Mitzkat, die mit ausgestreckter Hand auf ihn zukam und sagte

„warum haben sie nicht angerufen, da hätten sie sich doch die lange Wartezeit sparen können, kommen sie in mein Büro, was kann ich für sie tun."

„Ich möchte, nachdem ich den Polizeibericht unterschrieben habe, in dem festgestellt wurde, dass man die Herkunft des Findelkindes nicht feststellen kann, meine Bernadette abholen. Dem steht ja wohl jetzt nichts mehr im Wege."

So hatte das Frau Mitzkat wohl noch nie gehört. Vor allem änderte sie ihren sehr freundlichen Tonfall und wurde in ihrer Sprache recht formal.

„Herr Balthasar, sie sind der Finder eines Findelkindes und sie haben dies gemäß § 24 PStG pünktlich am auf den Fundtag folgenden Tag angezeigt. Damit war ihr Part an dieser Sache erledigt. Nun sind wir vom Jugendamt am Zuge. Das Kind befindet sich zurzeit in einer geeigneten Pflegefamilie, nun werden wir durch den Amtsarzt einen Geburtstermin feststellen lassen."

Hagü fiel ihr ins Wort und sagte „aber ich kann mich doch um Bernadette kümmern."

„Jetzt hören sie endlich auf von Bernadette zu sprechen, den Namen des Kindes festzulegen obliegt auch dem Jugendamt und das werden wir nun tun, um die Abstammungsurkunde erstellen zu lassen."

„Aber warum kann ich denn nicht die Pflege für das Kind übernehmen."

„Sie haben sich doch noch nie darin bewiesen, ob sie ein Kind pflegen können. Auch haben sie sich noch nie darum beworben."

„Beworben? Wie kann ich mich bewerben?"

„Diesen sehr umfangreichen Antrag zur Aufnahme eines Pflegekindes kann ich ihnen geben, den können sie beantworten und sich offiziell bewerben. Aber eines sage ich ihnen gleich. Sie sind schon fast zu alt um als Pflegefamilie berücksichtigt zu werden. Zudem sind sie nicht verheiratet, als Single haben sie eigentlich überhaupt keine Chance, da sollte noch ein Partner für das Kind da sein. Darüber hinaus haben sie in ihrer Biografie noch niemals ein Kind betreut, kein Pflegekind und kein eigenes. Es kommt dazu, dass sie in diesem Giebelwitz am Ende der Welt wohnen, wo es für das Kind schwer wäre soziale Kontakte zu finden. Und nun komme ich zu einem sehr ernsten Punkt.

Das Mädchen scheint zudem sehr schwierig zu sein. Die aktuelle Pflegefamilie stößt gerade an ihre Grenzen und wir werden das Kind in die Obhut einer anderen Familie geben müssen. Die Kleine ist im Grunde genommen in unterschiedlichen Tonlagen permanent am Schreien. Einmal zornig, dann jammernd, einmal laut und dann leise wimmernd. Nachts durchgeschlafen hat sie noch nicht ein einziges Mal. Essen verweigert sie ständig und spuckt die verabreichte Nahrung immer wieder aus."

„Als Bernadette bei mir war, da hat sie mit Appetit gegessen, sie hat viel gelacht und gebrabbelt und hat geschlafen wie ein Engel."

„In dieser einzigen Nacht war sie wahrscheinlich erschöpft von der Odyssee in der Nacht am Strand. Jetzt entpuppt sie sich als kleiner Teufel. Damit wären sie als Kind Unerfahrener völlig überfordert."

Hagü nahm seinen Pflegeantrag, verließ das Büro von Frau Mitzkat und fuhr zurück nach Giebelwitz. Frustriert aber mit einem klaren Ziel. Zurück in seiner Wohnküche schaute sich Hagü zunächst einmal den Antrag an, um sich als Pflegefamilie zu bewerben. Das ganze Formular war eine Rechtswissenschaft für sich. Hagü legte den Fragebogen zur Seite, griff zum Telefon und wählte die Telefonnummer von Johannes in Hamburg. Nach dem Austausch einiger Nettigkeiten fragte Hagü,

„sag einmal Johannes, ihr habt in der Kanzlei doch bestimmt einen Experten oder Expertin im Personenstands Recht und in der Kinder- und Jugendpflege?"

„Hans-Günther, wie lange arbeitest du nun mit mir zusammen? Natürlich haben wir jemanden für Fragen zum Personenstands Recht. Aber bitte sage mir etwas zu den Hintergründen, was stellst du denn gerade wieder an?"

Hagü erzählte seine Geschichte und Johannes meinte nur

„hast du dir das alles auch gut überlegt. Stell dir das nicht so einfach vor. So ein Tag im Holiday Park mit einem Kind, das kann schon mal schlimmer sein, als 14 Stunden in der Kanzlei zu sitzen. Ich weiß von was ich rede."

„Johannes, wie kann ich euren Experten erreichen?"

„Morgen Vormittag meldet sich eine Frau Fernandez bei dir. Frau Felicitas Fernandez ist eine ausgezeichnete Expertin auf diesem Gebiet."

„Vielen Dank Johannes, ich wusste, dass ich mich auf dich verlassen kann."

Mit der Gewissheit, in seinem Anliegen nun professionelle Unterstützung zu erhalten, das beruhigte Hagü ungemein und seit Tagen schlief er einmal wieder in seinem Bett unter dem Reetdach und zudem ausgesprochen ruhig und fest. Er saß noch beim Frühstück und beobachtete durch das Fenster der Wohnküche, wie seine Hühner vergnügt im strömenden Regen ihr Frühstück aus dem Rasen zogen. Es war noch nicht 10:00 Uhr als das Telefon klingelte.

„Hagü."

„Felicitas Fernandez, spreche ich mit Hans-Günther?"

„Ja, hier ist Hans-Günther, aber sagen sie doch bitte Hagü zu mir, seit vielen Jahren heiße ich jetzt so und Hans-Günther kommt mir mittlerweile so fremd und förmlich vor."

„Gerne Hagü, dann nennen sie mich aber bitte Feli, wie es auch meine Freunde tun."

Am Telefon gingen die Zwei nun den Antrag durch und Feli klärte Hagü dahingehend auf, dass mit diesem Antrag beim Jugendamt ein Eignungs-feststellungsverfahren eingeleitet wird. Die ersten Stamm Daten waren schnell erfasst. Dann wurde es aber auf einmal kritisch. Welchen Beruf Hagü ausü-ben würde, war die Frage.

„Bernsteinsucher und Plastikmüllsammler", ant-wortete Hagü lachend.

Feli meinte: „Hagü, ich kann mir nicht vorstellen, dass die Beamten beim Jugendamt deinen Humor tei-len werden. Kannst du Angaben zu einem geregelten Einkommen machen?"

„Johannes lässt mir jeden Monat ein paar tausend € auf mein Girokonto überweisen."

„Wie viel genau?"

„Das kann ich dir nicht sagen, ich schaue mir keine Kontenauszüge an. Das macht einer eurer Finanz-jongleure in der Kanzlei."

„Wie hoch der Kontostand ist, das weißt du dann wohl auch nicht?"

„Nicht genau, vor sechs Jahren waren es so in etwa 40M€, das wird dem Jugendamt doch genügen."

„Hagü um Gottes willen, das darfst du so auf kei-nen Fall alles mitteilen. Lass uns hier einmal Schluss machen, ich habe diese Art von Formularen hier in der Kanzlei und melde mich bei dir, nachdem ich mich bei Johannes rückversichern habe. Bis dann, Tschüss."

Hagü wollte gerade zu einem Nachmittags Schwätzchen zu Camillo in die Kneipe aufbrechen als das Telefon wieder klingelte.

„Hallo"

„Johannes hier, mit wem spreche ich?"

„Ach du bist es Johannes, Hans-Günther hier."

„Nun möchte ich erst einmal abklären, ob wir zwei Freunde sind? Ich habe da von Feli etwas gelernt. Darf ich auch Hagü zu dir sagen?"

„Nichts lieber als das", lachte Hagü.

„Hagü, ich habe mit Feli über dein Anliegen gesprochen. Punkt eins scheinst du da draußen auf dem Land ziemlich blauäugig geworden zu sein. Man möchte nicht glauben, dass du einst ein seriöser und cleverer Unternehmer hier in Hamburg gewesen bist. Aber vielleicht ist es gerade die Vereinfachung des Hans-Günther Balthasar, was den Hagü in ihm heute so liebenswert macht. Aber um dir deinen Wunsch nach diesem Kind zu erfüllen, dafür müssen wir nun etwas smarter an die Sache herangehen. Feli hat den Antrag fertig ausgefüllt und wird ihn dir per Post schicken. Den unterschreibst du und bringst den Antrag zum Jugendamt.

Um dem ganzen einen seriösen Anstrich zu geben, haben wir für dich eine Legende konstruiert. Laut diesem Antrag bist du ein Berater unserer Kanzlei und du bist für uns auf Honorarbasis tätig. Die 8000 €, die ich dir monatlich überweise, deklariere ich von nun an als Honorar. Einen Honorarvertrag haben wir aufgesetzt und werden dir diesen mit der Bitte um Unterschrift auch per Post zukommen lassen. Um das ganze wasserdicht zu halten, werden wir das in deiner jährlichen Einkommens- und Vermögenssteuererklärung entsprechend erklären. Ansonsten gehe ich davon aus, dass es nur Feli war, der du über deine Vermögensverhältnisse getwittert hast. Glaube mir, es ist schon besser, wenn das undercover bleibt."

„Vielen Dank, Johannes. Ihr seid einfach spitze, bitte grüße auch Feli von mir."

„Hagü, und noch eines, gib doch hin und wieder ein paar € aus bevor dein Girokonto gänzlich überläuft. Das genügt mittlerweile für ein paar Karussell Fahrten im Freizeitpark. Ich wünsche dir viel Glück und dass sich dein Vorhaben realisieren lässt."

Hagü fühlte sich seinem Ziel wieder etwas näher gekommen. Schon am übernächsten Tag hielt er die Post aus Hamburg in der Hand. Er unterschrieb die Unterlagen, sendetet den Honorarvertrag zurück nach Hamburg und den Antrag für das Eignungsfeststellungsverfahren fuhr er nach Stralsund, um diesen persönlich bei Frau Mitzkat einzureichen.

Die Tage gingen dahin und Hagü konnte seine Gedanken mittlerweile wieder ganz gut ablenken. Die Sommermonate beschäftigten ihn in seinem Garten, er half Peppone der sein Haus renovierte und nach getaner Arbeit hat man bei Camillo immer wieder einen Dämmerschoppen genommen. Dann kamen aber die Stunden, an denen Hagü alleine in seiner Stube saß und wieder nachzudenken begann. Was würde die kleine Bernadette wohl tun? Geht es ihr gut? Wird sie irgendwann bei ihm wohnen dürfen? Warum war die Welt nur so ungerecht zu ihm? Und wie schon so viele Male, schlief Hagü in der letzten Zeit wieder sehr oft in seinem Ohrensessel ein um dann irgendwann in der Nacht nach oben in sein Federbett zu traumwandeln, oder er ist einfach im Sessel sitzen geblieben, bis der Hahn krähte und die Amsel begann ihr Morgenlied zu singen. Es waren nun schon mehr als sechs Wochen vergangen, dass Hagü das kleine Mädchen am Strand gefunden hatte. Wir hatten mittlerweile nach dem 20. September, Hagü war im Garten und mähte den Rasen und er glaubte schon den nahenden Herbst zu riechen. Als er mit der Gartenarbeit fertig war, kam aus Richtung Dorfplatz der rote Fiat von Martha.

„Oh, ist es schon wieder so spät, dass Martha von der Arbeit nachhause kommt", dachte sich Hagü.

Martha bog in die Hofeinfahrt und als sie die Tür des Fiat öffnete, rief sie: „Hallo Hagü, Lust auf einen Kaffee, dann könnte ich dir ein paar Neuigkeiten erzählen."

„Ja, gerne! Aber komm bitte rüber zu mir, ich habe noch Streuselkuchen der gegessen werden muss."

„Oh, lecker! Ich ziehe mich schnell um und komme rüber. Du kannst schon den Kaffee überbrühen."

Hagü ging in die Wohnküche, stellte zwei Teller mit je einem Stück Streuselkuchen auf den Tisch und brühte den Kaffee.

„Na das ging ja fix, Martha. Nimm Platz, ich muss den Kaffee noch in die Pötte gießen."

Hagü setzte sich nun mit den Kaffee Pötten zu Martha an den Tisch und Martha fing, ohne Umschweife zu reden an.

„Ich habe ein paar Neuigkeiten aus dem Jugendamt gesteckt bekommen. Man hat nun ein Geburtsdatum für das kleine Mädchen festgesetzt. So wie wir das vermutet haben, glaubt auch der Amtsarzt, dass die Kleine letztes Jahr in Oktober geboren wurde. Das Geburtsdatum wurde auf den 5. Oktober festgesetzt."

„5. Oktober?", fragte Hagü. „Warum ausgerechnet 5. Oktober."

Martha antwortete: „Das kann ich dir auch nicht sagen. Vielleicht haben die auf dem Amt gewürfelt. Es musste halt irgend ein Tag zwischen dem 1. und 31. Oktober sein. In der Abstammungsurkunde steht jetzt der 5. Oktober."

„Dann hat mein Mädchen, also am 5. Oktober seinen ersten Geburtstag."

„Hagü, hast du nicht gehört, dass ich eben Abstammungsurkunde gesagt habe?"

„Doch habe ich."

„Ja und, interessiert es dich nicht welchen Namen das Jugendamt für die Kleine bestimmt hat?"

Hagü sagte mit trauriger stimme:

„Nein, nicht wirklich Martha, für mich bleibt es meine Bernadette."

„Ich sage es dir trotzdem, auch wenn du es nicht hören willst. Den Nachname hat man dem Fundort nachempfunden. Mit Nachname heißt die Kleine nun Stein. Und mit Vorname heißt sie BER_NA_DETTE! Bernadette Stein."

Hagü konnte in diesem Moment nichts sagen. Er bekam ganz glänzende Augen, die an den Augenwinkeln überliefen und rechts und links auf seinen Gesichtsseiten flossen ihm zwei dicke Tränen die Wangen hinunter. Martha fuhr mit ihrer Rede fort:

„Aber es sind nur die Formalien, die nun geregelt sind. Ansonsten hat das Jugendamt noch immer Probleme um für Bernadette eine geeignete Pflegefamilie zu finden. Auch die zweite Familie hat nun resigniert und darum gebeten, dass man Bernadette doch bitte in eine wieder andere Pflegefamilie geben soll. Die Kleine muss wirklich schlimm sein. Sie spuckt das Essen aus und muss nach den Mahlzeiten stets gewaschen und neu angekleidet werden. Sie schreit wohl zu fast jeder Gelegenheit in unterschiedlichen Tonlagen und vorzugsweise in der Nacht hält Bernadette ihre Pflegeeltern auf Trapp. Nun aber eine dritte Familie zu finden gestaltet sich schwierig, die infrage kommenden Pflegefamilien kommunizieren verständlicherweise untereinander und sind nun gegenseitig vorgewarnt.

Hagü, vielleicht ist das für dich gar keine so schlechte Gelegenheit um einmal beim Jugendamt nachzufragen, wie weit denn dein Eignungsfeststellungsverfahren gediehen ist."

„Ja, du hast recht Martha. Ich werde mich morgen einmal beim Jugendamt melden."

Tags darauf ließ sich Hagü mit Frau Mitzkat verbinden und fragte am Telefon nach dem Stand seines Eignungsfeststellungsverfahrens.

„Ich habe vorgestern die geprüften Unterlagen zurückbekommen und es gibt keine grundsätzlichen Einwände, ihnen ein Pflegekind zuzuteilen. Ich persönlich habe nach wie vor Bedenken, da sie keinerlei praktische Erfahrung in der Kinderbetreuung nachweisen können. Da wir jedoch wissen, dass mit Frau Martha Grawitz, eine ausgebildete Hebamme und Kinderkrankenschwester in ihrer unmittelbaren Nähe wohnt, glauben wir das Restrisiko tragen zu können. Zudem benötigen wir dringend eine Lösung für diese Bernadette Stein."

„Wann kann ich die Kleine abholen? Ich könnte in einer Stunde bei ihnen sein."

„Nun bitte einmal langsam mit den jungen Pferden. Sie müssen mir wenigstens die Möglichkeit lassen, damit ich den Vorgang formal ordentlich abwickeln kann. Heute am Freitag erreiche ich nicht mehr viel. Dann ist Wochenende, wenn alles gut läuft werde ich ihnen Bernadette am Donnerstag nächster Woche nach Giebelwitz bringen können. Das müssen sie jetzt noch aushalten. Ich bestätige ihnen den Termin im Laufe der nächsten Woche noch einmal. Auf Wiederhören, Herr Balthasar."

Bei Hagü brachen nun alle Dämme, als hätte er gerade in einem Fußball Weltmeisterschaft Finale das entscheidende Tor geschossen, so rannte und sprang er über den Rasen in seinem Garten. Er rannte über die Düne an den Strand, führte einen Tanz auf, geradeso wie Rumpelstilzchen und er schrie seine Freude lauthals gegen den Wind.

Als er sich ein wenig wieder unter Kontrolle hatte, lief er die Dorfstraße hinauf um sich bei Peppone dessen PickUp auszuleihen.

„Klar kannst du den haben, aber schau einmal ob noch Sprit im Tank ist?"

„Keine Sorge Peppone, wie immer stelle ich dir den PickUp vollgetankt wieder auf den Hof."

Auch erzählte Hagü für was er den PickUp benötigte. Er berichtete davon, dass er in der kommenden

Woche Bernadette in Pflege bekommen würde und er deswegen das kleine Zimmer im Erdgeschoss renovieren wolle. Die zwei Männer machten sich direkt an die Arbeit und bauten Bett und Schrank ab. Luden die Möbel auf die Ladefläche des PickUps, die Hagü dann in eine nahe Sozialstation brachte. Dann fuhr er in einen großen Markt für Kinderausstattung. Möbel, Spielzeug, Kleider, Teppichboden, Tapeten, alles eben neu. Und während Hagü die Einkäufe erledigte, riss Peppone bereits Tapeten von den Wänden und rollte den alten grauen Teppichboden zusammen. Die Männer arbeiteten das ganze Wochenende hindurch und Martha half bei der textilen Gestaltung und nähte Vorhänge und passende Kissenhüllen. Als am Dienstag das Kinderzimmer komplett war, stellte Hagü fast erschrocken fest, dass das Zimmer eine sehr große Gemeinsamkeit mit dem Aussehen des Zimmers damals in der Villa in Blankenese hatte. Aber es war wohl der dominierende Rosa Farbton, der Hagü zu dieser Assoziation kommen ließ. Die Zeit von Freitag bis Dienstag verflog geradezu im Flug. Doch jetzt wollte sich der Minutenzeiger nicht mehr bewegen und der Stundenzeiger schien festgestellt. Am Mittwochnachmittag bestätigte Frau Mitzkat den Donnerstag Termin und am Donnerstag saß Hagü bereits um 13:00 Uhr auf der kleinen Veranda im Schaukelstuhl und wartete auf Bernadette.

Es war der 26. September und wie für diesen Freudentag bestellt schien die Sonne und es war geradezu windstill an der See. Hagü wurde von einer Autohupe geweckt. Nun hatte er den ganzen Tag gewartet und ist dann im entscheidenden Moment eingenickt. Frau Mitzkat hat den Schlafenden wohl im Schaukelstuhl hängen gesehen und kurz auf die Hupe gedrückt. Als sie die Tür des Golfs öffnete, hörte Hagü Bernadette schreien. Aber schon als Frau Mitzkat mit dem MaxiCosi über den Gartenweg stöckelte, begann sich die Kleine zu beruhigen. Frau Mitzkat stellte den MaxiCosi auf den Tisch in der Wohnküche und als Hagü die Sicherheitsgurte löste, streckte das Mädchen ihm die Arme entgegen. Er nahm die kleine aus dem Babysitz auf den Arm und drückte und herzte sie. Bernadette legte ihr Lockenköpfchen auf Hagüs Schulter und schien es gerade zu genießen auf Hagüs Schulter zu ruhen.

„Oh, entschuldigen sie Frau Mitzkat, darf ich ihnen einen Kaffee anbieten. Ich habe, welchen frisch in die Isolierkanne gegeben."

„Ja, gerne Herr Balthasar."

„Würden sie uns vielleicht in die Kaffee-Pötte eingießen, ich kann nicht, wegen der Kleinen."

Ingeborg Mitzkat und Hagü tranken Kaffee und sprachen über einige Formalien, die es zu beachten gab. Immerhin war Hagü nun Pflegefamilie von Bernadette. Vormund war nach wie vor das Jugendamt. Und in dieser Konstellation gab es einiges zu beachten. Während dem Gespräch am Tisch in der Wohnküche saß Bernadette auf Hagüs Schoß und klopfte mit dem Kaffeelöffel wieder auf ein Deckelchen das Hagü in der Hand hielt. Sie brabbelte vor sich hin und strahlte so etwas wie eine zufriedene Ruhe aus. Als Frau Mitzkat sich von Hagü verabschiedete meinte sie:

„Es ist durchaus möglich, dass wir seitens des Jugendamtes in den letzten Wochen einen großen Fehler begangen haben."

Hagü spielte mit der Kleinen und genoss die Nähe zu Bernadette. Als Martha nach Feierabend zu Hagü kam, haben die Beiden, Bernadette gemeinsam für die Nacht fertig gemacht. Hagü hat die Kleine im Waschbecken gewaschen, um ihr dann in dem neu eingerichteten Zimmer auf der Wickelkommode die Windel anzuziehen. Martha musste schon an diesem ersten Abend nur sehr wenig korrigierend eingreifen. Und dann fütterte Hagü der Kleinen Bernadette in der Wohnküche ein Gläschen Karotten Brei zum Abendbrot. Nur das Lätzchen war etwas bekleckert, ansonsten hat Bernadette fast alles mit großem Appetit aufgegessen. Hagü, brachte Bernadette in das Bettchen, schloss den Klappladen, löschte das Licht und flüsterte ihr zu:

„Gute Nacht Berna mein süßer Schatz, schlaf gut, du bist nun zu Hause angekommen."

Hagü ließ die Tür einen kleinen Spalt offen und setzte sich zufrieden und glücklich wie schon seit vielen Jahren nicht mehr in seinen Ohrensessel. Wie schon so oft hat Hagü auch in dieser Nacht einmal wieder im Ohrensessel verbracht. Bernadette hat jedoch tief und ruhig bis um sieben Uhr am Morgen durchgeschlafen. Vielleicht hätte sie noch länger geschlafen, wenn der Hahn nicht so laut gekräht hätte und für sich und seine Hennen nicht so früh um Öffnung des Hühnerstalles gebeten hätte. Hagü wusch die kleine Bernadette, verabreichte ihr den Morgenbrei und als er seinen Kaffee getrunken hat, saß Bernadette im Eck der Eckbank, gestützt von einem Kissen und kaute an einer trockenen Brotkruste.

Dann war der 5. Oktober! Bernadettes erster Geburtstag! Es war ein wunderschöner Oktober Tag mit viel Sonne und es war geradezu noch einmal sommerlich warm.

Damit konnte der größte Teil der Geburtstagsparty im Garten stattfinden.

Nahezu ganz Giebelwitz nahm irgendwie an dem Fest teil und natürlich Martha, Peppone und Camillo. Aber was Hagü an diesem Tag besondere Freude machte, das war die Anwesenheit von Ole und Greta. Die zwei waren mit ihren Eltern neu nach Giebelwitz gezogen. Ole war etwa ein halbes Jahr älter als Bernadette und Greta circa 5 Monate jünger. Ole und Gretas Vater war der Janosch Klett, ein Enkel vom alten Bernsteinsucher Harribert Klett, der im letzten Jahr im Alter von 91 Jahren gestorben war. Damit war wieder einmal eine Enkelgeneration nach Giebelwitz gezogen. Janosch und Lia seine Frau, bekamen das Häuschen vom alten Harribert vererbt und haben dies in den letzten Monaten nett hergerichtet. Und mit dem Zuzug dieser jungen Familie, war nun auch

gewährleistet, dass Berna in Giebelwitz zwei alters-
gerechte Freunde haben sollte.

Ole lief den ganzen Nachmittag im Garten den
Hühnern hinterher und versuchte eine der Deutschen Sperber Hennen zu fangen. Was ihm jedoch
nicht gelang. Jedes Mal wenn er nach einer Henne
griff, bekam er Übergewicht und ist nach vorne auf
den Bauch geplumpst. Berna, die auf einer weißen
Decke auf der Wiese saß, hat das mit Interesse verfolgt und jedes Mal laut gelacht, wenn Ole wieder auf
dem Bauch landete. Die kleine Greta hat den Nachmittag weitestgehend in ihrem Kinderwagen, der
dann im Haus stand, verschlafen. Es war ein wunderschöner erster Geburtstag der kleinen Berna und
nach dem Nachmittagskaffee, als die Gäste alle gegangen waren, saßen Martha und Hagü noch auf der
Terrasse, ließen sich von der Oktober Sonne wärmen
und schauten Berna zu, die im Garten auf einer Gemüsekiste saß. Hagü hatte die Gemüsekiste umge-
stülpt und Berna saß darauf. Sie stellte sich jedoch immer auf und versuchte so Balance in der Aufrechten
zu gelangen. Immer wieder, wenn sie frei stand, ließ
sie sich jedoch wieder auf den Allerwertesten auf die
Gemüsekisten fallen.

Hagü und Martha amüsierten sich darüber sehr,
als Hagü auf einmal, jedoch mehr zu sich selbst sagte:

„So haben sich das Isolde und ich damals in Blankenese vorgestellt."

„Was vorgestellt?", fragte Martha nach.

„Ja, dass wir halt wie wir es nun tun, als kleine Familie auf unserer Terrasse sitzen und unserem Töchterchen zuschauen."

„Wir? Als kleine Familie? Unserem Töchterchen zusehen? Wie meinst du das denn jetzt"

„Ach Martha, das war doch nur beispielhaft so dahingesagt, aus meiner Erinnerung an Isolde."

Hagü schaute hinüber zu Berna, die immer noch ihre Übungen machte. Immer wieder auf und nieder, so ging es Hagü melodisch durch den Kopf. Dann wandte er sich noch einmal an Martha.

„Aber ich frage mich schon hin und wieder, warum so eine adrette junge Frau wie du eigentlich ganz alleine und ohne Partner ist?"

Martha, seufzte: „Ach Hagü, da gibt es schon einige Gründe aufzuzählen. Ein Grund ist sicherlich, dass ich persönlich einfach nicht hier aus Giebelwitz weg möchte. Es gibt aber nicht so viele, die bereit wären, hier draußen direkt an der See und im Naturschutzgebiet zu leben."

„Ich bin doch auch gerne hier draußen. Und Janosch und Lia fühlen sich doch sehr wohl hier, da wird es doch den einen oder anderen Naturburschen geben, der auch gerne hier und mit dir leben möchte."

„Das ist so ein anderer Grund, natürlich habe ich es auch mit dem einen oder anderen Naturburschen versucht. Aber die haben mich alle nicht so angesprochen wie die Mädels, die ich in meinem Leben getroffen habe."

„Martha, kannst du etwas deutlicher werden?"

„Hagü, nun mach mal nicht auf den Naiven, du kommst doch aus der großen Stadt. Ich kann mit Männern nichts anfangen, zumindest nicht wenn es intimer wird. Ich liebe Frauen. Ich liebe sogar eine ganz bestimmte Frau. Schon viele Jahre habe ich eine Partnerin in Stralsund."

„Und die möchte nicht mit dir hier in Giebelwitz leben?"

„Hagü, das ist alles gar nicht so einfach. Meine Partnerin ist darüber hinaus auch noch nicht so weit, dass sie sich selbst outen möchte."

„Aber warum Martha?"

„Weil das nicht so einfach ist. Und in Stralsund ist es mit Sicherheit noch weniger einfach als in Hamburg zum Beispiel. Weißt du, die Leute reden hinter deinem Rücken ganz anders als sie dir in das Gesicht reden und meine Partnerin befürchtet einfach Restriktionen in ihrem Job. Im Besonderen, weil sie auf einer leitenden Funktion positioniert ist."

„Martha, du warst jetzt sehr offen zu mir, und was ich jetzt Frage musst du mir nicht beantworten. Darf ich fragen wie deine Partnerin heißt?"

„Ingeborg Mitzkat, die Leiterin vom Jugendamt."

„……..…... Martha, Martha, schau einmal Berna!
……..…..Berna läuft dem Huhn hinten nach."

Als Berna wieder von ihrer Gemüsekiste aufstand,
da kam von hinten das Huhn angelaufen und wie zuvor, den langen Nachmittag Ole das machte, so ist
Berna einfach dem Huhn hinterhergelaufen.

Als sie dann erschrocken festgestellt hat, dass sie
ganz alleine und weit weg von ihrer Kiste im Garten
steht ist Berna nach hinten umgefallen. Der Fall nun
bis zum Boden, der war wohl etwas heftiger als zuvor
der, auf die Gemüsekiste zu plumpsen. Und Berna
fing an zu weinen.

„So nun hole deine Berna, der wirst du jetzt schön
nachlaufen müssen. Jetzt ist es vorbei mit der Ruhe
um tief gehende Gespräche zu führen."

Martha und Hagü, versorgten Berna noch gemeinsam für die Nacht und brachten das kleine Mädchen
zu Bett. Als Martha gegangen war, holte sich Hagü
zur Feier des Tages noch eine Flasche Artillero aus
seiner Kammer. Einen vorzüglichen Spanier aus dem
Anbaugebiet Rioja Alavesa.

Er nahm sich eines der großen Rotweingläser,
schenkte sich ordentlich ein, zündete eine Kerze an
und genoss diese wunderbare Gemütlichkeit. Er ließ
diesen schönen Tag noch einmal vor seinem geistigen
Auge ablaufen und war sich sicher, dass er niemals
im Leben vergessen werde, wie und vor allem wann
Berna das Laufen gelernt hat.

Die Zeit verging viel zu schnell und bald war Berna schon drei und ein halb Jahre alt. Von dem ungezogenen kleinen Teufel, von dem die ersten Pflegefamilien gesprochen hatten war in all dieser zeit nicht zu spüren. Das Gegenteil war der Fall. Berna war ein liebes und ausgeglichenes Mädchen. Sie war aufgeweckt und wissbegierig und sie lernte schnell. Gerne ging sie mit Hagü an den Strand zum Bernstein suchen. Und obwohl Berna nur ein Dreikäsehoch war, so hatte sie doch das nötige Auge um die Bernsteine am Gestade zwischen den Steinen auszumachen. Hagü besorgte Berna auch eine eigene Schatzkiste, in der sie ihre Funde verwahren konnte.

Aber auch sonst verwöhnte Hagü sein Pflegekind über die gebühren. Hagü konnte froh sein, dass er beim Naturschutzbund wegen der Strandpflege einen Bonus genoss. Auf seinem Grundstück hat er nämlich einiges angestellt, was im Naturschutzgebiet so eigentlich nicht gemacht werden sollte. Hagü baute zum Beispiel einen Ziegenstall für zwei kleine Zwergziegen. Auf der anderen Seite des Hühnerstalles ein recht großes Hasengehege. Dort beherbergte er nun für Berna graue Deutsche Riesen. Diese Kaninchen werden bis zu sieben Kilogramm schwer. Das Geschlecht der Hasen wusste Hagü jedoch erst dann, als er den Hasenstall vergrößern musste weil Berna darauf bestand, die um fünf Hasen gewachsene Familie nicht zu trennen. Hagü ließ jedoch einen Tierarzt dafür sorgen, dass weitere Hasen-Familien Zuwächse unterbunden wurden.

Auf der Gartenseite zur Düne hin ließ Hagü von einer dafür spezialisierten Firma ein Großes hölzernes Klettergerüst errichten. Oben auf dem Gerüst thront ein Häuschen so groß, dass selbst Hagü darin Platz findet. Und oft saß er mit der Kleinen dort oben und schaute über die Düne hinaus auf die Ostsee und erzählte Berna Seeräubergeschichten.

Gerne sind die zwei aber auch an den Strand gegangen und haben im Sand und im Wasser gespielt. Auffällig dabei war, dass Berna niemals weiter als knietief in das Wasser gegangen ist. Einmal hat Hagü die Kleine dann auf den Arm genommen und ist selbst in die Ostsee gelaufen bis ihm das Wasser bis zum Hals stand. Das war der Tag an dem Hagü den kleinen Teufel in Berna kennenlernte. Die Kleine hat geschrien und sogar nach Hagü geschlagen und war selbst später am Strand, eingepackt in das Handtuch nur schwer wieder zu beruhigen. Warum Berna so reagierte? Ob es vielleicht das auch im August sehr kalte Ostseewasser war? Hagü wusste es nicht und hat auch nie mehr versucht Berna in das Wasser zu zwingen.

Gerne hat Berna im Garten mit den Tieren und ihren beiden Freunden Ole und Greta gespielt. Wobei Ole auch oft alleine da war. Greta wollte eigentlich immer von Janosch oder Lia ihren Eltern begleitet sein. Berna war da mit ihren dreieinhalb Jahren schon mehr pflücke und verabschiedete sich bei ihrem HagüPa immer wieder einmal, weil sie zum Beispiel zu Camillo laufen wollte. Kam sie dann bei Camillo an, dann hat dieser einmal an der Schnur der Kapellenglocke gezogen und der Ton der Glocke signalisierte Hagü, dass Berna wohlbehalten bei Camillo angekommen war. Aber auch alle anderen in Giebelwitz wussten dann, dass Berna bei Camillo ist. Ging Berna zu ihren Freunden Ole und Greta, dann haben Janosch oder Lia eine große Muschel genommen, die die Beiden im Flur an der Garderobe liegen hatten. Sie bliesen in die Muschel hinein, die dann einen lauten TrööööT Ton von sich gab. Auch dann wusste Hagü, dass Berna gut angekommen war und die Giebelwitzer wussten:

„Berna ist bei Ole und Greta."

Es war eben eine kleine heile Welt in der Berna aufwuchs und Hagü genoss die Zeit. Er wusste nicht zu sagen, ob er irgendwann in seinem Leben einmal glücklicher gewesen wäre. Aber er glaubte schon, dass das so war. Selten, dass Hagü mit Berna aus Giebelwitz weggefahren ist. In den ersten Septemberwochen eines jeden Jahres hat er das jedoch immer wieder einmal gemacht. Zumindest, wenn die Wetterprognosen für September schlecht waren wollte Hagü den Sommer bei seiner Vermieterin und Freundin Gerda Hansen in Lucca unter südlicher Sonne ein Stück weit verlängern.

Er teilte sich die lange Reise jedoch gerne in drei Etappen auf. Zunächst fuhr er bis Kassel wo er mit Berna seine Mutter besuchte, um mit Berna in seinem Kinderzimmer im Elternhaus zu übernachten. Hagüs Vater war schon vor einigen Jahren gestorben, aber seine Mutter war noch sehr rüstig und wohnte nun alleine in dem Haus, indem Hagü seine Kindheit erlebte. Nach der zweiten Etappe nächtigte Hagü gerne in Freiburg. Er genoss diese herrliche Stadt mit ihrer gemütlichen Altstadt. Er fühlte sich dort wohl in einem der kleinen Weinlokale auf der Straße zu sitzen, um sich ein Viertele von dem badischen Wein zu gönnen. Herrlich der kleinen Berna von dort zuzusehen wie sie ihr Schiffle im Bächle schwimmen ließ und sich in der warmen Abendsonne von oben bis unten nass schmuddelte. Am dritten Tag ging es dann nach Lucca. Dort in Italien gefiel es Hagü, morgens früh in einem der Straßen Cafés zu sitzen, einen Cappuccino und ein Cornetto zu frühstücken und die Leute zu beobachten. Auch Berna schien diese Momente am frühen Tag bereits zu genießen und trank gerne eine aufgeschäumte Milch und bevorzugte ein Sfogliatelle dazu. Tagsüber waren Hagü und Berna dann am Strand. Vorzugsweise in Viareggio in einem der unzähligen Bagni, die zum Teil sehr luxuriös ausgestattet sein konnten. Hagü buchte in der Regel ein Bagno mit eigener Umkleide und Dusche. Außerdem hatte man in diesem Bagno auch etwas mehr Abstand zu den Nachbarn und Berna hatte in unmittelbarer Nähe zu Hagü die Gelegenheit im Sand zu buddeln.

Aber obwohl das Mittelmeer viel wärmer als die Ostsee war, ging Berna auch hier nicht mit Hagü im Meer baden, sondern hat viel lieber mit ihm im Pool geplanscht. Und einen Pool hat in Viareggio eigentlich jedes der Bagni angeboten.

Wenn die Zwei dann zurück nach Lucca in die Pension kamen, da musste Hagü aufpassen, dass Berna nicht direkt eingeschlafen ist. Aber irgendwie hielt er die Kleine mit irgendetwas bis zum Abendbrot wach. Das Abendbrot für Berna bestand in Italien eigentlich täglich aus Pasta und einer roten Soße. Etwas anderes wollte die Kleine nicht haben und nach der letzten Nudel ist sie dann oft bei Gerda in der Küche oder im Salon direkt eingeschlafen. Hagü brachte die Kleine dann zu Bett um mit Gerda, wenn es die Pensionsgäste zuließen, im Restaurant neben der Pension zu Abend zu essen. Wohl bedacht hatte Hagü ein Zimmer mit Fenster zu dem Restaurant. Wäre Berna wach geworden, hätte er das direkt am angeknipsten Licht gesehen. Das war mit Berna so abgesprochen. Der Fall ist jedoch nie eingetreten. Viel zu Müde war Berna von den vielseitigen Aktivitäten, die Hagü mit Berna unternahm.

Als er nun wieder einmal mit Gerda in diesem Restaurant den Abend genoss und nach dem Tafelwein zum Abendessen und nach dem Cafe noch eine Flasche aus der Schatzkammer des Weinkellers bestellt hatte, schenkte er Gerda und sich von dem guten Tropfen ein, erhob das Glas und meinte:

„Salute Gerda, auf dein Wohl."

Danach sagte er fast mehr zu sich als zu seiner Begleitung:

„Nun ist Berna schon fast drei Jahre lang bei mir, in vier Wochen wird sie vier Jahre alt. Die Kleine macht mich so glücklich und hat sich so prächtig entwickelt. Ist sie nicht süß mit ihrem blonden Lockenkopf und diesen großen lustigen blauen Augen? Kannst du dir vorstellen so einen kleinen Menschen einfach wegzugeben? Einfach hinter einem Stein abzulegen?"

Hagü erschrak als Gerda sagte:

„Ja, das kann ich mir vorstellen."

„Du kannst dir das vorstellen?"

„Hagü es gibt Situationen in denen Menschen Dinge tun oder glauben Dinge tun zu müssen, die man eigentlich nicht nachvollziehen kann. Die Lebenswege jedes einzelnen Menschen sind sehr individuell. Manchmal führt dich dein Weg in eine Sackgasse, die macht dir dann einen Umweg, aber in einer Sackgasse, da kannst du umdrehen und wieder zurückkehren auf deinen angestammten Weg. Es gibt aber auch Lebenswege, die führen dich über Brücken, die hinter dir einstürzen, dann gibt es kein zurück. Dann musst du bis zur nächsten und übernächsten Weggabelung weiter gehen und darauf hoffen, dass dich das Schicksal auf einen wieder guten Weg hinführt. Aber ein Zurück das gibt es auf diesen Lebenswegen nicht."

Hagü hatte Gerda andächtig zugehört.

„Gerda, was du da sagst, das kann ich glaube ich verstehen. Das ist sehr weise und fast schon philosophisch. Aber kannst du mir gegenüber deutlicher werden, dass ich das vielleicht wirklich verstehen und einordnen kann?"

Gerda fuhr in ihren Ausführungen fort.

„Hagü, als du das erste Mal bei mir warst, da hast du mir sehr offen und ehrlich deine Geschichte erzählt. Heute möchte ich dir meine Geschichte erzählen."

Hagü schenkte noch einmal etwas Wein nach als Gerda ihre Geschichte zu erzählen begann.

»Meine Kindheit habe ich Giebelwitz mit meinem Opa und meiner Mama verbracht. Für ein Kind war das herrlich gewesen. Ich bin mit meinem Opa bei schönem Wetter hinaus auf die Ostsee gefahren und mein Opa hatte immer volle Netze. Die Fische wurden ihm meistens schon am Strand von den Giebelwitzern, aber auch von den Touristen abgekauft. Den Rest hat er in seinem Räucherofen in den Rauch gehängt. Auch wir hatten Hühner und ich hatte einen kleinen Hund, Qualle hieß der, ein Mischling in dem alles drin war, außer Katze! Auch haben zu dieser Zeit in jedem Giebelwitzer Haus zwei oder drei Kinder gelebt. Also für mich war das alles sehr schön. Meine Mutter empfand das jedoch anders. Zu der Zeit gab es weder fließend Wasser noch Strom in Giebelwitz. Auch Abwasser Fehlanzeige. Die Fischerhütte von Opa Hansen darfst du auch auf keinen Fall mit dem Haus vergleichen, das du heute in Giebelwitz bewohnst. Diesen Luxus, den haben wir nicht gekannt. Dann wurde Opa Hansen krank und wir haben dadurch auch unser geregeltes Einkommen verloren. Meine Mutter hat nun nicht nur Opa Hansen pflegen müssen, nein sie musste auch für das nötigste Arbeiten gehen. Und der Arbeitsweg war lang und der Tag mit Pflege, Arbeit und Kind noch länger. Mein Vater hatte sich zu dieser Zeit schon lange in den Westen abgesetzt und hatte meine Mutter mit mir sitzen lassen. Ich habe meinen Vater zu dieser Zeit eigentlich gar nicht gekannt. Opa Hansen ist dann in Sommer vor der Wende gestorben und als die Grenzen wieder offen waren, da kam mein Vater zurück nach Giebelwitz. Der Westen hatte ihm nicht gutgetan und er hatte alles andere als sein Glück gemacht. Er lebte wohl ein paar Jahre in Frankfurt auf der Straße und war dem Alkohol verfallen und er rechnete sich aus, in Giebelwitz wenigstens ein Dach über dem Kopf zu haben. Obwohl mein Vater noch gar nicht so alt war, so war er doch ein körperliches Wrack. Meine Mutter, die sich einige Jahre um Opa Hansen gekümmert hatte, pflegte nun meinen Vater, dessen Leber vom Krebs verfressen war und der eine sehr schlechte Prognose hatte. Das dauerte dann aber doch noch fast zwei Jahre bis er oder besser gesagt meine Mutter endlich erlöst wurde.

Du kannst dir vorstellen, dass meine Mutter mit Giebelwitz nur schlechtes und zum Schluss vielleicht sogar die Hölle assoziiert hat.

Der Plan war es dann Opa Hansens Haus zu verkaufen. Doch dann kamen aber die neuen Naturschutzbestimmungen für die Gegend um Giebelwitz und das einzige was sie mit dem Haus tun konnte, das war, es mir zu vererben. Keine drei Wochen danach bekam ich die erste Grundsteuererhebung für das Haus und es machte mir und meiner Mutter große Schwierigkeiten diese Steuern aufzubringen. Für meine Mutter gab es zu dieser Zeit nur ein Ziel, weg von Giebelwitz.

Wir sind dann nach Rostock gegangen und haben dort gemeinsam eine Wohnung in der Altstadt gemietet. Meine Mutter, die in der DDR eigentlich immer gearbeitet hatte bekam dann eine Rente und von meinem Vater blieb ihr auch noch eine kleine Witwenrente. Insgesamt hatte sie damit ein gutes Auskommen. Ich habe in Rostock ein betriebswirtschaftliches Studium absolvieren können und habe danach eine sehr gute Anstellung als Vorstandsassistentin bekommen. Kurz darauf habe ich mich dann in einen viel älteren Mann verliebt.

Dass er verheiratet war, das hat mich in meiner anfangs blinden Liebe nicht wirklich gestört. Ich war zudem geblendet von den Geschenken, die er mir machte. Schöne Kleider, Schmuck einen VW Beatle Cabriolet.

Er fuhr mit mir immer wieder in europäische Metropolen. London, Paris, Mailand, Barcelona. Wir wohnten in den besten Hotels und Geld spielte für ihn bei diesen Reisen keine Rolle.

Dann ist meine Mutter gestorben und ich war auf einmal ganz alleine. Vielleicht war es mir nicht mehr ausreichend nur die zweite Geige bei meinem Liebhaber zu spielen. Vielleicht habe ich aber auch gemerkt, dass er nun begann immer öfter auch nach jüngeren Ausschau zu halten. Zumal sein Verhalten mit seiner Ehefrau offensichtlich abgestimmt war. Ich wusste ja nach einiger Zeit wer das war und die Dame hatte auch ihren Spaß, zumal die Kinder in München beziehungsweise London studiert haben. Ich hatte damals meinen vierzigsten Geburtstag bereits gefeiert und habe es vielleicht deswegen oder aber aus anderer Motivation, mit Verhütung nicht mehr so ernst genommen. Obwohl ich zu der Zeit bereits wusste, dass mein Liebhaber neben mir noch eine andere, wesentlich Jüngere hatte. Sein wahres Gesicht und seine wirkliche Meinung über mich sagte er mir dann sehr unmissverständlich als ich ihm sagte, dass ich von ihm schwanger sei.

Er befahl sofort in eine Klinik zu gehen, um das Kind wegmachen zu lassen. Ich war damals in der achten Woche schwanger und wollte das nicht. In meiner Not habe ich mich dann an eine italienische Familie gewandt die ein Stockwerk unter mir in dem Haus in der Rostocker Altstadt wohnte. Alleine der katholische Glaube dieser Leute hat wohl mit dazu beigetragen, dass sie mich für zwei Monate in ihrer italienischen Heimat in Sicherheit brachten. Als ich dann zurückkam, war eine Abtreibung ausgeschlossen und wurde auch von all den Ärzten abgelehnt, zu denen mich der Kindsvater trotzdem schleppte.

Er ließ aber nicht locker und setzte mich extrem unter Druck. Massiv drohte er mir für den Fall, dass irgendwo bekannt werden würde, dass er der Vater des Kindes sei und dadurch eventuell seine Reputation beschädigt werden würde. So unter Druck gesetzt habe ich ihm irgendwann nachgeben und einer Adoption direkt nach der Geburt zugestimmt. Als Grund dafür musste ich angeben, dass ich den Vater des Kindes wegen häufig wechselnden Geschlechtspartnern nicht bestimmen könne. Das wurde bei einem Rechtsanwalt in einer Art Vertrag festgeschrieben und ich erhielt eine nicht unbedeutende Abfindung von dem Schwein. Als ich das Kind dann geboren hatte, bekam ich das Kind noch nicht einmal für einen kurzen Moment auf die Brust gelegt, sondern man hat das Neugeborene sofort in einen anderen Raum gebracht.«

Gerdas Stimme brach nun unter ihren Tränen. Hagü sagte einen Moment lang nichts. Er schenkte sich und Gerda noch einmal nach um dann zu fragen: „Gerda, du tust mir so leid. Du hast das Kind nie gesehen? Du weißt auch nicht was aus dem Kind wurde? Möchtest du, dass ich dich in die Pension bringe?"

»Nein, Hagü lass mal, es geht schon wieder. Entschuldige!

Nach der Geburt habe ich mich dann ein paar Wochen erholt. Als es mir einigermaßen ging, da wusste ich, dass ich aus Rostock wegmusste, am liebsten weit weg. Weg aus Deutschland. Ich hatte in den zwei Monaten während meiner Schwangerschaft als ich in Italien war, einige Kontakte geschlossen und hatte auch die Gelegenheit genutzt, um mir einen Basis-Wortschatz in der italienischen Sprache anzueignen. Über einen dieser Kontakte bekam ich den Hinweis auf die Pension hier in Lucca. Ich habe in Giebelwitz dann das Haus dicht machen lassen und habe begonnen mir vom Rest des Schweinegeldes hier mit der Pension eine neue Existenz aufzubauen. Um auf deine Fragen zu antworten, Nein ich habe den Jungen nie gesehen. Der kleine war vielleicht fünf, als man mir aus der Heimat die Nachricht gesteckt hat, dass ich einen Jungen zur Welt gebracht habe, der in einer sehr guten Familie aufgenommen worden sei und adoptiert wurde. Es wäre mir in den letzten Jahren auch möglich gewesen nach Deutschland zu fahren um den Jungen, ich sage einmal, aufzulauern. Aber ich glaube ich hätte es nicht ertragen, ihn zu sehen und so zu tun als hätte ich keine Beziehung zu ihm. Außerdem ist es so Hagü, dass der Kleine nun eine andere Mama und einen anderen Papa hat und deren Namen trägt. Ich wäre ihm doch nur fremd gewesen. Und wenn er einmal alt genug ist und seine Adoptiveltern ihm seine wahre Abstammung erzählen sollten, dann ist es ihm überlassen, ob er nach seiner Mama suchen möchte.«

„Oh Gerda, das war nun aber nicht einfach heute Abend. Der Wein ist leer, aber ich brauche jetzt noch ein Glas. Das muss ich jetzt erst einmal herunterschlucken."

„Hagü, ich nehme auch noch einen. Peppino, schenkst du uns noch zwei Chianti Classico ein? Wir stellen die Gläser dann auf die Fensterbank."

„Non si sono problemi, bella. Tutto a posto!"

Hagü und Gerda saßen nun noch eine ganze Zeit lang in der italienischen Nacht. Als sie ihre Gläser geleert hatten stellten sie diese wie gesagt auf die Fensterbank des bereits seit längerem geschlossenen Lokals und gingen rüber in die Pension von Gerda.

Als Hagü das Zimmer betrat, machte er kein Licht um Berna nicht zu stören. Seine Augen hatten sich in den letzten Stunden sowieso an die Dunkelheit gewöhnt und das durch den Fensterladen leuchtende Mondlicht war ausreichend um zu erkennen, dass Berna tief und zufrieden schlief.

Hagü konnte jedoch in dieser Nacht noch lange nicht so richtig einschlafen, viel zu sehr beschäftigte ihn die Geschichte, die ihm Gerda heute anvertraut hatte.

Nach einer weiteren Woche in Lucca, begaben sich Hagü und Berna wieder auf den Weg zurück nach Giebelwitz. Wieder machte Hagü Etappenpausen in Freiburg und dann bei der Mutter in Kassel.

Wieder zurück in Giebelwitz konnte man nun schon den Herbst spüren. Zwar gab es auch immer wieder einen Sonnentag, aber die Herbsttage haben immer mehr die Oberhand gewonnen. Am 5. Oktober. Dem nun schon vierten Geburtstag von Berna hat es eigentlich nur geregnet und die Geburtstagsparty fand fast ausschließlich in der Stube und in der Wohnküche statt.

Wie immer hatte Hagü für Berna und die anderen Kinder eine Überraschung parat. In diesem Jahr hatte er einen Zauberer engagiert. Der hat zum großen Erstaunen der Kinder, seinen Zauberstab in einen Blumenstrauß verwandelt. Der hat ein Seil in mehrere Teile zerschnitten, um diesen dann wieder zu einem Seil zusammenzufügen und so weiter. Der Höhepunkt war, als der Zauberer zunächst ein Kaninchen aus seinem Zylinder zog, um es dort später wieder verschwinden zu lassen. Berna rief verzückt

„oh lieber Zauberer, machst du das bitte auch einmal mit meinem Kaninchen."

Dieser Wunsch von Berna löste bei Peppone einen so heftigen Lachkrampf aus, dass sich der Zauberer angegriffen fühlte.

„Warum lachen sie so, warum sollte ich Bernas Kaninchen nicht auch in meinem Zylinder verschwinden lassen?"

Und Berna wiederholte

„oh ja, bitte lieber Zauberer"

Peppone machte sich fast in die Hosen vor Lachen. Dann erhob er sich von der Couch, um laut lachend in den Garten zu gehen. Mit Tränen in den Augen kam Peppone, ohne sich wieder einzukriegen mit einem der Deutschen Riesen zurück in die Stube.

Der Zauberer fühlte sich nun endgültig vorgeführt und Martha versuchte die Situation zu retten in dem sie zu Berna sagte:

„Schau mein Schätzchen, deine Kaninchen sind für den Zylinder einfach zu groß. Peppone, bring den Hoppel bitte wieder zurück in seinen Stall."

Was Peppone dann auch tat.

Als Hagü den Zauberer in der Küche verabschiedet entschuldigte er sich noch einmal bei ihm und drückte ihm ein extra Trinkgeld in die Hand.

Die Kinder hatten jedoch einen wahnsinnigen Spaß und einen noch größeren Spaß hatte Peppone an diesem Nachmittag.

Die nun immer wieder stattfindenden Herbststürme bescherten sehr gute Bedingungen, um Bernstein zu suchen. Berna war mit ihren vier Jahren nun schon eine ausgezeichnete Bernsteinsucherin.

Nachdem Hagü ihr davon erzählt hatte, dass er früher immer mit Oles Uropa Bernstein suchte und mit ihm immer darum wettete, da war Berna überhaupt nicht mehr zu halten. Und nun wenn Hagü und Berna nach der Strandtour zu Camillo in die Kneipe gingen, dann hat Berna immer wieder stolz mitgeteilt: „Camillo ich habe schon wieder gewonnen." und bestellte sich auf Hagüs Rechnung eine Limo oder eine heiße Schokolade. Jedoch war da ein

Tag, an dem Hagü einfach nicht vermeiden konnte, dass Berna die Wette verliert. Auch ist es Hagü an diesem Tag nicht gelungen den Abschluss des Tages bei Camillo in der Kneipe zu vermeiden.

Das Mädchen wollte unbedingt ihre Wettschuld einlösen.

Als sie in die Kneipe kamen, rief Berna: „Camillo, ein Kühlungsbräu und eine heiße Schokolade bitte. Heute leider auf meinen Deckel." Hagü und Camillo mussten lachen und waren wie selten zuvor an Harri Klett den Uropa von Ole und Greta erinnert.

„Ich glaube Berna hat bei der Geschichte über Harri, ganz genau zugehört."

Der Herbst und der Winter waren hier in Giebelwitz, abgesehen davon, dass die Tage wesentlich kürzer waren auch sehr schön und abwechslungsreich. Zudem es für und mit den Kindern so schön war, die Adventszeit zu erleben.

Die Kinder haben dann bei Martha oder bei Lia Plätzchen gebacken. Hagü hat gemeinsam mit Janosch in dessen Werkstatt Adventskalender gebastelt. Zusammen mit Peppones PickUp sind die Männer mit den Kindern in eine Kiefernschonung gefahren, um Tannenbäume zu schlagen. In Camillos Kneipe wurde von einem Gottesdienst unterbrochen die Silvesterparty gefeiert und das ganze Dorf hat am Dorfplatz für die Kinder ein großes Silvesterfeuerwerk abgebrannt. Also auch der Winter war hier draußen recht kurzweilig, was im Wesentlichen den Kindern geschuldet war.

Aber trotzdem ging Berna in den Wintermonaten aber auch etwas früher in das Bett.

Der Winterrhythmus sah so aus, dass Berna sich um halb sieben meistens alleine in der Gäste-Dusche die Zähne putzte und den Schlafanzug anzog. Hagü richtete in dieser Zeit das Abendbrot. Dann haben sich die zwei in den Ohrensessel gekuschelt und man hat um 19:00 Uhr im Fernsehen gemeinsam das Sandmännchen geschaut. Danach machte Hagü den Fernseher meistens aus und brachte Berna zu Bett um es sich selbst bei Kerzenschein und Kaminfeuer in der Stube bei Musik oder einem guten Buch gemütlich zu machen.

Diesen Winter musste Hagü aber auch sehr viel nachdenken. Die Geschichte, die ihm Gerda von ihrem Schicksal erzählt hatte ließ ihn nicht los. Speziell ein Punkt aus den Erzählungen machten ihm Gedanken um seine und Bernas Situation. An einer Stelle sagte sie

„…dass der Kleine nun eine andere Mama und einen anderen Papa hat und deren Namen trägt …"

Berna hatte nun auch einen anderen Papa, aber sie trug nicht Hagüs Nachname. Das war zurzeit nicht schlimm, Berna wurde selbst beim Kinderarzt nicht mit Nachname angesprochen. Aber wenn sie in knapp zwei Jahren in die Grundschule eingeschult wird? Dann wollte Hagü, dass Bernadette Balthasar und nicht Bernadette Stein eingeschult wird.

Als der Winter dann vorbei war und die ersten Frühlingsboten sich in der Natur zeigten, da glaubte Hagü, genug darüber gegrübelt zu haben. Er nahm das Telefon und drückte die Nummer von Felicitas Fernandez.

„Hallo Feli, hier spricht Hagü. Wie geht es dir?"

„Hallo Hagü, was für eine Überraschung, danke mir geht es gut, der Frühling ist hier in Hamburg zurück und ich habe mich frisch verliebt. Aber das interessiert dich doch alles nicht. Was kann ich für die tun?"

„Doch das interessiert mich alles, Feli. Es freut mich auch ungemein, wenn du dich frisch verliebt hast. Ich weiß gar nicht wen ich mehr beglückwünschen soll? Dich oder den Glücklichen? Aber natürlich hast du recht, ich benötige einmal wieder deine Unterstützung."

„Dann schieß los, wo drückt der Schuh."

„Feli, in knapp zwei Jahren wird Berna eingeschult werden. Ich glaube, dann wäre es für alle, auch für Berna einfacher, wenn sie dann meinen Nachnamen tragen würde. Ich möchte Berna gerne adoptieren und möchte dich bitten alles notwendige für mich einzuleiten."

„Hagü, wenn du nicht angerufen hättest, dann hätte ich mich Mitte des Jahres in dieser Angelegenheit bei dir gemeldet. Ich habe das in meiner Wiedervorlage Mappe liegen. Ich mache alles fertig und melde mich bei dir wieder. Es sollte nur eine Formsache sein. Wir haben ja nur das Jugendamt das als gesetzlicher Vormund zustimmen muss."

„Vielen Dank, Feli."

„Nicht dafür, ich melde mich. Tschüss."

Es vergingen einige Monate und es war mittlerweile Hochsommer in Giebelwitz als sich Feli wieder meldete. Feli berichtete, dass es wider Erwarten doch noch einmal Probleme geben würde. Die übergeordnete Stelle des Jugendamtes von Stralsund hätte, nachdem man in Stralsund schon durchgewinkt hatte, nun doch noch Bedenken wegen Hagüs Alter und dem nicht natürlichen Altersunterschied angemeldet. Man wäre der Meinung, dass die Altersdifferenz zwischen Kind und Adoptivvater zu groß sei. Und man würde die Auskünfte über die gesicherten Vermögensverhältnisse durch die Kanzlei nicht anerkennen und würde auf Vorlage der Einkommens- und Vermögenssteuererklärung bestehen. Feli meinte aber auch, dass man nach Offenlegung von Hagüs Vermögensverhältnissen auf den Altersunterschied nicht mehr die höchste Priorität legen würde.

Nachdem man Hagü bestätigt hatte, dass man seitens der Behörde zu striktem Stillschweigen über seine Verhältnisse verpflichtet sei, hat Hagü der Offenlegung seines Vermögens zugestimmt.

Keine zwei Wochen später bekam Hagü die Information, dass laut Adoptionsbeschluss die Adoption von Bernadette Stein nun rechtswirksam sei und eine Mitteilung an die Meldebehörde ging, damit die notwendigen Daten des Kindes entsprechend geändert werden. In dem Fall von Bernadette Stein, bezieht sich die Änderung des Datensatzes im Wesentlichen auf den Nachnamen, die Adresse bleibt unverändert bestehen.

Bernadette Stein heißt von nun an Bernadette Balthasar.

Darüber hinaus wurde Hagü noch einmal darüber belehrt, dass er als Adoptivvater vom deutschen Gesetzgeber leiblichen Eltern gleichgesetzt wird und damit wie diese identische Verpflichtungen hat, was die Erziehung und Fürsorge für das minderjährige Kind betrifft.

Dieses Ereignis wollte Hagü mit den Giebelwitzer Bewohnern feiern. Und anläßlich dieser Feier wollte Hagü auch machen lassen, was er Camillo in den vergangenen Monaten immer wieder abgelehnt hat, nämlich er wollte Berna von Camillo taufen und somit in die evangelische Kirche aufnehmen lassen.

Es war ein wunderschöner Sommertag als die Glocken der Giebelwitzer Kapelle zu Bernas Taufgottesdienst läuteten. Die Kapelle war bis auf den letzten Stehplatz besetzt und die Gemeinde wartete auf den

Täufling. Dann öffnete sich die Kapellentür und im gleissenden Licht der Morgensonne, die genau in die Pforte schien, betrat Berna in einem weiß und rosa farbigen Sommerkleid die Kapelle.

Ihre blonden Locken waren Engel gleich und von einer durch die Sonne hervorgerufene Korona umrandet, was aussah wie ein Heiligenschein.

Ihre wunderschönen blauen Augen strahlten in die Richtung von Hagü, der seine Tränen nicht zurückhalten konnte und diesen freien Lauf über die Wangen gewährte.

Camillo taufte die kleine Berna indem er ihr Wasser aus dem Taufbecken über den Kopf träufelte, um anschließend Bernas Taufspruch zu verlesen.

»Und dennoch gehöre ich zu dir! Du hast meine Hand ergriffen und hältst mich. (Psalm 73, 23)«

Nach dem Gottesdienst ging Berna vorweg, gefolgt von Camillo, Hagü und dem Rest der Gemeinde. Berna führte die Gemeinde zu Camillos Kneipe, stellte sich dort auf die oberste Stufe und wandte sich den Leuten zu. Dann rief sie:

„Liebe Freunde, heute ist für euch alles UM …"

und die Gemeinde antwortete im Chor:

„…SONST!"

Danach nahm einer der schönsten Sonntage, die Giebelwitz je gesehen hatte, seinen Lauf. Hagü ließ in Camillos Kneipe von einem Caterer ein leckeres Buffet aufbauen, an dem sich alle nach Belieben satt essen durften. Für die Kinder hatte er extra ein Karussell aufbauen lassen und ein Zuckerwatte sowie ein Popcorn Stand war ebenfalls für groß und klein angeboten.

Bis spät in den Abend, als der Dorfplatz mit Fackeln illuminiert war, wurde in Giebelwitz an diesem Sonntag gefeiert und getanzt.

Die Monate vergingen und es war nun schon wieder Herbst an der Ostsee und man konnte den nahenden Winter an dem einen oder anderen Tage bereits deutlich spüren. Hagü konnte das am besten daran erkennen, wenn der Hahn, trotz offener Stalltüre keine Lust verspürte seine Hennen in den Garten zu führen. Die Hasen Familie kuschelte sich tief in das Heu und ließ sich im Freigehege auch nicht mehr sehen. Nur den zwei Zwergziegen machte das alles wohl nichts aus. Die zwei genossen es, dass die Kinder in der Stube blieben und kletterten tollkühn auf dem Klettergerüst der Kinder herum und wenn sie dann ganz oben angekommen waren, dann sah es manches Mal so aus, als würden die zwei kleinen Ziegen, den atemberaubenden Blick hinaus über die Ostsee genießen.

Gerade jetzt in den trüben Monaten war es ein Segen, dass mit Ole und Greta zwei Kinder in Bernas

Alter in Giebelwitz wohnten. So waren die drei Kinder eigentlich jeden Tag zusammen.

Entweder tobten die drei bei Hagü in Fischer Hansens Haus herum oder aber die drei Kinder waren bei Janosch und Lia und spielten dort im Haus.

Gerade an den Tagen, wenn die Kinder bei den Kletts waren, genoss Hagü die Ruhe der Herbstnachmittage. Wenn es draußen den ganzen Tag nicht richtig hell werden wollte und der Wind Regenschauer über Giebelwitz hinweg wehte, dann legte sich Hagü eine Scheide Holz in den Bollerofen, überbrühte sich einen Tee, stellte die gläserne Teekanne auf ein Stövchen und setzte sich in seinen geliebten Ohrensessel. Den Tee verfeinerte er nun gerne mit einem kleinen Schuss Rum um dann einfach aus dem Fenster oder in das Feuer zu starren bis ihm Gedanken an Isolde in den Kopf kamen. Gedanken an die schöne Zeit des jungen verliebt seins in der Krummhörn oder an die so sorglose Studentenzeit in der kleinen Zweizimmerwohnung in Hamburg.

Hagü war an diesen Tagen jedoch immer froh, wenn Berna so früh nach Hause kam, dass er mit seinen Gedanken nicht bis an den Tag kommen musste, an dem Isolde damals von ihm ging.

Wenn Berna wieder da war, dann hat nur noch die Gegenwart gezählt. In Fischer Hansens Haus waren dann wieder nur Gedanken der Freude und des Glückes präsent. Aber die Tage konnten sich trotzdem ziehen.

Im Garten gab es nun erst einmal nichts mehr zu tun. Die Tiere zu füttern und hin und wieder die Ställe zu reinigen war auch nicht sehr zeitintensiv. Aber es war dann doch schnell Anfang Dezember und die Weihnachtsvorbereitungen begannen.

Die Adventszeit insgesamt ließ die Tage dann wieder etwas abwechslungsreicher und kurzweiliger werden. Peppone hatte angerufen und Hagü gebeten ihm beim Weihnachtsbaum schlagen zu helfen. Peppone kümmerte sich seit Jahren darum, die Giebelwitzer Haushalte mit Weihnachtsbäumen zu versorgen. In diesem Jahr wurde ihm eine Tannenschonung in der Störtebeker Schneise zugewiesen und dort ist er mit Hagü im PickUp hingefahren, um die dreißig Tannen für die Giebelwitzer zu schlagen.

Die große Tanne, die auf dem Dorfplatz ihren Platz hat, die hatten die Männer schon Ende November geschlagen um sie pünktlich zum 1. Advent aufzustellen. Mit der Dorfplatz Tanne hatten sie auch schon Camillos Tanne geschlagen, damit auch diese pünktlich zum ersten Advent in der Kapelle stand. Nun heute sollten die Tannen für die Giebelwitzer Familien ausgesucht werden und natürlich eine für die Kneipe. Hagü und Peppone gingen in die Schonung, um zunächst die Bäume auszusuchen, die sie später mit der Motorsäge fällen wollten.

Immer wieder hielten sie den Zollstock an eine Tanne, um zu prüfen, ob die als schön genug erkannte Tanne, denn auch in die Stuben passen würde.

War das der Fall, dann banden die Männer orange farbige Bänder an die Bäume um diese später schnell wieder finden zu können.

Plötzlich und völlig unvermittelt wurde die Ruhe im Wald von Peppones lautem und erschrocken klingenden Schreien gestört.

„Hagü, Hagü, komm schnell einmal rüber."

„Rüber? Wo rüber soll ich kommen? Peppone wo bist du? Was ist den passiert?"

„Hier bin ich, schau hier."

Peppone winkte mit den orangenen Bändern und war Schreckens blass.

„He, Peppone, was ist den los, ist dir ein Geist begegnet, du bist ja Kreide bleich?"

„Hagü, da liegt ein Skelett, dort drüben unter dem Baum, an den ich das Band gebunden habe."

„Ein Skelett? Das wird ein verendetes Reh sein."

„Nein, das ist ein Mensch, geh doch schauen wenn du es nicht glaubst, ich gehe da nicht mehr hin."

„Ach, mein großer Freund, geht nicht mehr da rüber. Obwohl, der gute Peppone ein Passbild des Skeletts auf seiner Motorrad Kutte trägt."

„Jetzt mach keine Witze, da liegt ein menschliches Skelett, wir müssen die Polizei rufen."

„Warte, bevor du die Polizei rufst, ich schaue mir das erst noch einmal an."

Hagü ging an die beschrieben Stelle und tatsächlich. Dort im Unterholz lag ein skelettierter Mensch, was man auch an den zum Teil an dem Skelett hängenden Stoffresten ausmachen konnte. Peppone wählte die Telefonnummer der Polizei.

„Polizeiobermeister Gangolf."

„Bürgermeister Dieter Dorow hier, ich bin mit einem Freund in der Tannenschonung bei der Störtebeker Schneise. Wir wollen Tannenbäume schlagen."

„Gut Herr Dorow, wenn sie eine entsprechende Genehmigung haben ist bis hierhin nichts dagegen einzuwenden. Warum rufen sie aber die Polizei an?" „Wir haben hier in der Schonung ein Skelett gefunden."

„Ein Skelett, was verstehen sie unter Skelett?"

„Na ja, ein Skelett halt, ein menschliches Gerippe."

„Ein menschliches Gerippe? Sind sie sicher?"

„Mein Freund hat das auch bestätigt, dass es sich um ein menschliches Skelett handelt."

„Bleiben sie bitte bei der Schonung, ich bin mit einem Kollegen gleich bei ihnen."

Während die beiden Männer am Rande der Schonung warteten, sagte Hagü:

„Ich lebe nun schon so viele Jahre in Giebelwitz und muss ein Skelett finden, um zu erfahren, dass du Dieter Dorow heißt. Bürgermeister Dieter Dorow."

„Jetzt mach das mal bitte nicht zu so einer großen Sache. Es hat auch Jahre gedauert bis ich erfahren habe, dass du Herr Balthasar heißt."

„Und wie wurdest du Bürgermeister?"

„Ich habe mich halt bei den Bürgermeisterwahlen beworben und zur Wahl gestellt und die Giebelwitzer haben mich mit einem Votum von 98 % zu ihrem Bürgermeister gewählt."

„War das noch zu DDR Zeiten? 98 %?"

„Nein, das war schon nach der Wende und wenn der alte Harribert Klett damals nicht im Krankenhaus gelegen und nicht die Briefwahl verbummelt hätte, dann ..."

„... hättest du 100 % bekommen. Herr Bürgermeister hörst du das Polizeiauto?"

„Ja, wird Zeit, dass die kommen."

Als der Streifenwagen von der Landstraße in den Waldweg Störtebeker Schneise einbog, hat man das Martinshorn abgeschaltet. Kurze Zeit später ist POM Gangolf mit einem Kollegen aus dem Streifenwagen gestiegen.

„Sie haben die Polizei gerufen? Wo liegt das Skelett?"

„Dort drüben, an der Tanne mit dem orange farbigen Band."

POM Gangolf befahl seinem Kollegen:

„Kollege, gehen Sie bitte einmal zu der Tanne und vergewissern sie sich bitte, ob die Aussagen der beiden Herren korrekt sind."

Der Polizist ging zu der kleinen Tanne, war kurz darauf wieder bei Hagü, Peppone und POM Gangolf und sagte:

„Das ist sehr eindeutig ein menschliches Skelett."
„So ein Mist", sagte POM Gangolf.

„So kurz vor Feierabend riecht das nach Arbeit."

Er schaute Hagü in das Gesicht und meinte: „Hätten sie die alten Knochen nicht eine Stunde später finden können? Aber sagen sie einmal, ich kenne sie doch. Sie sind doch der Typ der vor ein paar Jahren dort vorne ein Kind gefunden hat?"

„Ja, das stimmt." Bestätigte Hagü, „ein merkwürdiger Zufall."

„Es gibt Zufälle nur sehr selten", raunzte POM Gangolf."

Es begann dunkel zu werden und POM Gangolf zog die Feuerwehr hinzu und bat darum ein Flutlicht aufzustellen. Dann kamen Leute von der Spurensicherung aus der gerichtsmedizinischen Abteilung. Als die Suche nach möglichen Spuren abgeschlossen war, legten die Leute der Gerichtsmedizin die Knochen einen nach dem anderen in eine Zinkwanne. Im Ganzen war das Skelett nicht mehr zu bergen. Das ganze dauerte nun schon eine geraume Zeit und

Hagü fragte, ob man ihn und Peppone denn noch benötigen würde? Er müsse seine Tochter bei Freunden abholen und außerdem wäre es für die Kleine zeit um ins Bett zu gehen.

POM Gangolf hatte keine Probleme damit, Peppone und Hagü gehen zu lassen.

„Nein wir benötigen sie hier heute nicht mehr. Aber Herr Balthasar, mit ihnen muss ich noch einmal reden. Stimmt die mir bekannte Telefonnummer noch?"

„Ja, das ist noch immer dieselbe Nummer."

Als Hagü, Berna endlich abholen konnte haben Janosch und Lia schon gewartet. Hagü erklärte, dass man von der Polizei aufgehalten wurde, er würde sich wenn Berna schläft noch einmal melden, um mitzuteilen, was los war. Im Beisein von Berna wollte Hagü die Geschichte, die er später am Abend, Janosch am Telefon erzählt hat, nicht erzählen.

Fast ein und ein halb Wochen dauerte es, bis sich POM Gangolf meldete und darum bat, dass er Hagü einen Besuch abstatten wollte.

Hagü bat Lia, dass er Berna zu ihr geben durfte, um mit der Polizei ungestört und ohne neugierige Kinderohren sprechen zu können.

POM Gangolf kam recht schnell auf seinen Punkt zu sprechen:

„Herr Balthasar, das Skelett wurde zwischenzeitlich identifiziert. Anhand der Zahnabdrücke, haben wir in Schwerin einen Zahnarzt ausfindig machen können, der die Zähne eindeutig einer jungen Frau zuordnen konnte. Wir konnten auch ermitteln, dass die Frau sich am 4. August vor vier Jahren ordnungsgemäß in Schwerin abgemeldet hat. Als Grund für die Abmeldung gab sie an, dass sie nach Süd Amerika auswandern wollte. Das ist wohl der Grund, dass sie von niemandem hier vermisst wurde.

Zum jetzigen Stand der Ermittlungen sind sie Herr Balthasar jedoch der einzige, der wohl nach der Abmeldung beim Meldeamt am nächsten in der Nähe der Frau war. Es war am 6. August als sie mich anriefen, dass sie ein Kind am Strand in der Nähe der Fundstelle des Skeletts gefunden hätten. Also zwei Tage nachdem die junge Frau sich in Schwerin abgemeldet hatte. Ich habe die Akten von damals zwischenzeitlich noch einmal studiert und ich kann mich mittlerweile auch wieder erinnern, dass sie damals etwas gereizt reagiert hatten, als ich sie fragte, warum sie erst einen Tag nach dem Kindsfund bei uns angerufen haben.

Herr Balthasar, wo waren sie am 4. und 5. August vor vier Jahren?"

Hagü schaute den POM Gangolf mit großen erstaunten Augen an

„sie glauben doch nicht, dass ich mit dem Skelett etwas zu habe?"

„Herr Balthasar, was ich glaube, ist im Moment nicht relevant, aber in unmittelbarer Nähe des Skeletts, das aller Wahrscheinlichkeit nach, dort seit vier Jahren lag, hat man vor ebenfalls vier Jahren, nur Fußabdrücke von ihnen gefunden."

„Aber doch nicht im Wald, sondern am Strand."

„Aber sehr in der Nähe des Skelettfundes, das müssen sie schon zugeben. Wo waren sie damals am 4. August?"

„Wo waren Sie am 4. August vor fünf Jahren?", fragte Hagü und POM Gangolf grunzte, „das ist nicht die Frage. Wo sie waren, das wäre interessant zu hören."

„Das kann ich ihnen nicht sagen. Ich bin wahrscheinlich wie jeden Tag gegen acht Uhr aufgestanden und habe den Hühnerstall aufgemacht, wahrscheinlich habe ich dann in der Wohnküche Kaffee getrunken. Habe im Haus Ordnung gemacht, vielleicht im Garten gearbeitet. Am Nachmittag werde ich in die Kneipe gegangen sein, um einen Nachmittags Kaffee zu trinken und eventuell ein Stück Kuchen dazu zu essen. Ich weiß nicht was ich am 4. August vor vier Jahren gemacht habe."

„Sie wissen also nicht was sie gemacht haben, aber sie wissen ganz genau, was sie nicht gemacht haben. Sie wissen, dass sie 100 prozentig nicht am Strand waren?"

„Ja, das weiß ich. Es war am 5. August, als ich Berna gefunden habe. Ich habe an diesem Vormittag noch im Bett liegend überlegt, ob ich Bernsteine suchen oder Plastikmüll beseitigen soll. Das war am 5. und nicht am 4. August."

„Vielleicht waren sie aber auch am 4. August schon am Strand und vielleicht haben sie am 4. August vielleicht diese Frau getroffen, vielleicht sind sie am 5. August dann noch einmal an den Strand gegangen. Kann denn jemand bezeugen, dass sie am 4. August nicht am Strand waren?"

„Nein, das kann niemand bezeugen. Aber Martha kann bezeugen, dass ich am 5. August Berna gefunden habe."

„Frau Grawitz kann bezeugen, dass sie ihr das Mädchen am 5. August gezeigt haben. Frau Grawitz kann aber nicht bezeugen, dass sie das Kind erst am 5. August nach Hause gebracht haben. Sie kann auch nicht sagen, ob das Kind vielleicht schon am 4. August bei ihnen war."

„Was wollen sie mir denn unterstellen Herr Gangolf? Ich sage jetzt nichts mehr. Ich muss telefonieren."

POM Gangolf verließ Fischer Hansens Haus und bat Hagü, dass er Giebelwitz nicht verlassen soll. Auf keinem Fall solle er versuchen Deutschland zu verlassen, sollte er, das versuchen drohte er ihm mit einer vorläufigen Festnahme.

Als POM Gangolf dann gegangen war wählte Hagü die Telefonnummer von Johannes in Hamburg. Er erzählte Johannes die ganze Geschichte und bat ihn einmal wieder um Unterstützung.

„Natürlich vertrete ich dich in der Sache. Sag mal Hagü, kannst du dich wirklich nicht erinnern was du am 4. August gemacht hast?"

„Johannes, das war ein ganz normaler Tag, wie jeder andere auch, und seitdem ich hier in Giebelwitz das Haus von Fischer Hansen fertiggestellt und bezogen habe, mache ich jeden Tag so ziemlich das Gleiche."

„Hagü versuche dich an irgend etwas zu erinnern, was dich entlasten könnte, ansonsten stimme bitte vorher mit mir ab, wenn du etwas zu Protokoll zu geben hättest. Ich melde mich wieder."

Schon zwei Tage später kündigte sich wieder jemand von der Gerichtsmedizin an.

Bevor Hagü den Termin betätigte hat er sich mit Johannes in Hamburg abgestimmt. Er brachte an besagtem Tag Berna wieder zu Lia und empfing die Herren von der Gerichtsmedizin. Man wolle eine gentechnische Untersuchung durchführen, um festzustellen ob Berna mit der Frau, deren Skelett man in der Störtebeker Schneise gefunden hat verwandt ist. Zu diesem Zweck möchte man gerne bei Berna eine Speichel- oder Haarprobe nehmen.

Hagü wies darauf hin, dass Berna nicht zu Hause sei und dass er auch vermeiden wolle, das Mädchen direkt mit der Sache zu belasten. Berna wäre zwar erst sechs Jahre alt, aber sehr neugierig und aufgeweckt. Hagü befürchtete einfach zu viele Fragen von Berna, die er vielleicht mit Lügen beantworten müsse. Seine Tochter belügen, das wollte er aber auf keinem Fall tun.

„Gibt es eine Haarbürste, die das Kind ausschließlich und alleine benutzt?" Fragte einer der Beamten.

„Ja, hier unten das Duschbad, das benutzt Berna fast ausschließlich alleine. Sehen sie hier liegt Bernas Haarbürste."

„Die blonden Haare in der Bürste sind von Berna?"

„Ja, das sind Bernas Haare." „

Dürfen wir die Haarbürste mitnehmen?"

„Ja, selbstverständlich, wenn das zur Aufklärung beiträgt."

Die Beamten steckten die Haarbürste in eine der mitgebrachten Plastikbeutel.

„Die Zahnbürste würden wir auch gerne mitnehmen, ist das OK?"

„Ja, machen sie. Ich habe sowohl eine neue Zahnbürste als auch eine neue Haarbürste in Reserve."

Die Beamten packten die Plastikbeutel mit Bernas Toilettenartikel in eine der mitgebrachten Taschen und verabschiedeten sich von Hagü.

Es gingen nun zwei weitere Monate in das Land, ehe sich Johannes bei Hagü wieder meldete.

„Hallo Hagü, ich möchte dich heute über einen Bericht in Kenntnis setzen, den uns die Behörden in Sachen ‚Störtebeker Schneise Skelett' zugestellt haben. Zunächst einmal das positive aus dem Bericht:

Die Ermittlungen gegen dich wurden alle eingestellt.

Der Gen-Abgleich sagt im Ergebnis, dass es zu 99,98 % auszuschließen ist, dass Berna ein Kind von der gefundenen Toten sein kann. Zudem konnte man einen Mann ermitteln, der vor fünf Jahren ein Verhältnis zu der gefundenen Toten pflegte. Mittels internationaler Fahndung gelang es den Mann in Chile ausfindig zu machen. Ob Chile den Mann nun über den vorliegenden internationalen Haftbefehl ausliefern wird ist eher unwahrscheinlich. Aber selbst wenn das geschehen würde, erachte ich es als äußerst unwahrscheinlich, dass man ihm einen Mord an der Frau nachweisen könnte.

Es ist also zu erwarten, dass der Fall in der Akte der ungelösten Fälle landet.

Hagü ich bin aber froh, dass es zwischen der gefundenen Toten und Berna keine Verbindung gibt.

Nicht auszudenken was sie mit dir angestellt hätten, wäre das der Fall gewesen.

Ich habe wirklich die Luft angehalten, dass es so ist wie es jetzt ist. Auch, wenn ich an der von dir erzählten Geschichte niemals in der ganzen Zeit irgend einen Zweifel hatte."

„Vielen Dank, Johannes. Mir ist im Moment auch ein riesiger Stein vom Herzen gefallen. Auch ich habe gebangt, dass zwischen Berna und der Toten Frau keine Beziehung besteht. Nach Lage der Dinge und den zeitlichen Zusammenhängen war das ja gar nicht so abwegig gewesen. Aber am meisten bin ich darüber froh, dass ich die Ereignisse soweit von Berna fern halten konnte. Die Kleine hat von alledem in den letzten Wochen nichts mitbekommen. Nun freue ich mich auf den Frühling, vielen Dank noch einmal und auch viele Grüße an Feli."

„Die Grüße richte ich gerne aus, Feli lässt auch dich recht herzlich grüßen und sie freut sich auch auf den Frühling, in der Hoffnung, dass sie sich wieder auf ein Neues verlieben wird."

Als Hagü den guten Ausgang der Geschichte in Camillos Kneipe am Stammtisch erzählte, konnte er der ganzen Sache auch schon wieder etwas Gutes abgewinnen und sagte:

„Durch die ganzen Untersuchungen, Ermittlungen und der Angespanntheit der gesamten Situation sind wenigstens die dunklen Wintertage in diesem Jahr sehr schnell vergangen."

Peppone erinnerte noch einmal, dass er auf den Fund des Skelettes hätte gerne verzichten können.

Martha zeigte sich noch immer erschrocken darüber, dass hier ganz in der Nähe von Giebelwitz eine junge Frau zu Tote kam ohne, dass irgend jemand davon etwas mitbekommen hat.

Die tollsten Spekulationen wurden nun am Stammtisch angestellt, aber über eines war man einhellig einer Meinung.

Von Giebelwitz war das keiner.

Die Tote aus dem Wald war nun aber auch nicht mehr lange ein Thema. Vielmehr war die bald bevorstehende Einschulung von Berna nun immer öfter auf der Tagesordnung. Das aber auch im Zusammenhang mit Ole, der nun schon fast das erste Schuljahr hinter sich gebracht hatte.

Das Problem für Kinder aus Giebelwitz, das war der Schulweg. Wollten sie mit dem Bus fahren, dann mussten die Kinder zuerst einmal an den Anfang der Sackgasse gelangen, wo an der Bundesstraße die erste mögliche Bushaltestelle war. Dorthin mussten die Eltern ihre Kinder bringen. Die Grundschule war dann aber nur 8 km weiter. Die 8 km konnte man dann auch weiter fahren und man hat deshalb die Kinder selten an der Bushaltestelle abgestellt, schon gar nicht bei Regen. Und im Winter hat es oft geregnet.

Ole wurde in den letzten Monaten fast täglich von Lia zur Schule gebracht, sie hatte dafür extra ihren Vollzeitjob in einen Teilzeitjob umgewandelt. Das weniger an Einkommen fehlte der Jungen Familie mittlerweile jedoch hinten und vorne. Und Janosch und Lia haben darüber auch nicht hinter dem Berg gehalten, zumal die Beiden gerade zum Ende des Monats bei Camillo auch immer wieder einen Deckel machten und froh waren wenn Camillo am Monatsanfang meinte.

„Ich kann den Deckel nicht mehr finden."

Oder:

„Der Deckel ist schon bezahlt."

Janosch und Lia hatten dann zwar einen ähnlichen Verdacht wie viele Jahre zuvor Harri einen Verdacht hegte. Aber trotzdem war man heute wie früher froh, auf diese Art entlastet zu sein.

Als man nun am Stammtisch das Thema Schulweg wieder einmal diskutierte meinte Hagü, dass er die Kinder doch morgens fahren könne. Ob er nun demnächst Berna alleine oder zusammen mit Ole fährt das wäre doch unerheblich. Und im nächsten Jahr käme Greta ja auch noch dazu. Außerdem könnte Lia dann wieder Vollzeit arbeiten, um die Familienkasse wieder etwas speckiger zu machen.

„Wie willst du denn zwei oder drei Kinder in deiner grünen Blechdose transportieren?", gab Peppone zu denken.

„Das ist ein valider Punkt" stimmte Hagü zu.

„Wir brauchen einen Schulbus" stellte er wie selbstverständlich fest.

„Peppone hilfst du mir etwas geeignetes zu finden?"

‚Nichts lieber als das', sagte er. Und ein neues Projekt war geboren. Projektziel, 25. August. An diesem Tag sollte Berna eingeschult werden.

„Und was machen wir mit Ole so lange?", fragte Camillo mit einem Hinweis darauf, dass Lia schon am nächsten Ersten Mai eine neue Vollzeitstelle antreten wollte.

Hagü meinte, dass er Ole im Morgan zur Schule fahren könne solange er dort alleine hin muss.

Aber Camillo müsse sich bereit erklären in der Zeit in der Hagü Ole chauffieren würde, auf Berna aufzupassen.

„So machen wir das„, rief Camillo in die Stammtischrunde. „Ich zapfe noch eine Runde Kühlungsbräu auf Kosten des Hauses. Ist einer nicht dabei? Das habe ich mir gedacht, also sechs blonde Kühlungsbräu!„

Als man sich dann zum nächsten Sonntagsfrühschoppen nach der Kirche traf, da hatte Peppone eine Auswahl von mehreren Schulbussen zur Entscheidungsfindung der Stammtischrunde vorgelegt.

Ein amerikanischer SCHOOLBUS 3800-T444E.

Die Begeisterung war bei allen gleich groß. Mit diesem Gefährt würde man vor der Schule auffallen war man sich sicher. Hagü gab aber zu bedenken, dass das Gefährt 44 Sitzplätze hatte und schwer zu manövrieren sei. Außerdem hätte er keinen Busführerschein, den man dafür bestimmt benötigen würde.

Peppones Favorit war der Chevrolet Chevy Van G20. Peppone hatte einfach eine Affinität für Ami Autos.

Am Ende einigte man sich jedoch auf einen VW Bulli T2 aus dem Jahre 1977.

Hagü hat das Auto dann gekauft und vom Verkäufer direkt nach Hamburg bringen lassen, wo er das Fahrzeug in einer darauf spezialisierten Werkstatt von Grund auf renovieren ließ. Als man ihm das Fahrzeug dann nach Giebelwitz brachte hatte der T2 quasi Neuwert. Wobei ein Neuwagen wahrscheinlich für ein Drittel der Kosten zu haben gewesen wäre. Und als Clou ließ Hagü den T2 in den Farben und mit dem Muster der Tigerente lackieren. Die Giebelwitzer waren begeistert und die Kinder konnten es nicht abwarten, bis sie in diesem Schulbus zur Schule gebracht werden sollten. Aber auch Ole musste noch warten, denn Hagü sparte die Jungfernfahrt für den Tag von Bernas Einschulung auf.

Bevor es am 25. August dann soweit war, ist Berna am 24. mit ihrer Schultüte in Giebelwitz von Haus zu Haus gelaufen. Jeder gab der Kleinen etwas in die Schultüte. Meistens waren das Süßigkeiten, aber auch kleine Spielsachen und Glücksbringer fanden den Weg in ihre Tüte. Am Ende ihres Rundganges durch Giebelwitz war es Berna fast zu schwer, die Schultüte alleine zu tragen, so viele kleine Geschenke hatte sie eingesammelt.

Berna konnte es gar nicht erwarten in die Schule gehen zu dürfen und in den letzten Tagen sagte sie immer wieder zu Ole, dass sie nun bald genauso gut lesen und schreiben könne wie er.

In der Nacht zum 25. August konnte Berna nur sehr schlecht einschlafen, viel zu aufgeregt war das kleine Mädchen. Aber auch Hagü hatte Probleme einzuschlafen. Auch er war voll von Gedanken und vor allem dachte er daran wie schnell Berna nun groß geworden war.

Mittlerweile war sie schon fast sieben Jahre alt, morgen kommt sie in die Schule, wie schnell wird sie auf eine weiterführende Schule gehen. Hagü wurde geradezu ein wenig traurig, gequält von den Gedanken, dass Berna nun bald groß sein wird und ihren eigen Weg gehen würde.

Hagü war froh als er den Hahn krähen hörte und die Nacht vorüber war. In diesem Moment knarrte die Tür zu seinem Schlafzimmer und Berna stand im Türrahmen.

„HagüPa, wir müssen aufstehen, der Hahn hat gekräht und heute ist mein erster Schultag!"

„Ja, meine kleine Berna, nun bist du bald ein Schulkind, komm noch einen Moment zu mir kuscheln, wir haben noch einen Moment Zeit."

Aber Berna hatte nicht lange Ruhe, sie ging nach unten und machte sich in ihrem Duschbad schick für die Schule. Dann frühstückten Hagü und Berna in der Wohnküche, als Martha herüberkam um Berna zu begrüßen.

„Guten Morgen Berna, heute ist dein großer Tag, bist du schon aufgeregt."

„Nein, nur ein bisschen, Martha", antwortete Berna.

Dann mussten sie schon losfahren. Natürlich nahmen sie Ole mit zur Schule, aber auch Camillo und Martha saßen mit im Tigerente-VW-Bus und begleiteten Berna zur Einschulungsfeier. In der großen Aula saßen die ABC-Schützen nun alle in der ersten Reihe. Dahinter die Eltern, Onkel und Tanten der kleinen Schulanfänger. Es wurden ein paar kurze Reden gesprochen und die Kinder aus der dritten und vierten Schulklasse führten ein kleines Theaterstück auf. Berna folgte dem allem sehr interessiert und fühlte sich unter den neuen Klassenkameraden und -kameradinnen offensichtlich sehr wohl. Dann wurde Berna der Klasse 1b zugeteilt und bekam ihre Lehrerin vorgestellt. Frau Schröder war eine junge attraktive Frau, die ihr Referendariat gerade erst hinter sich hatte und nun ihre erste Klasse als Lehrkraft übernahm. Dann war für Berna der erste Schultag in der

Schule schon wieder vorbei. Ole hatte noch eine Stunde Unterricht und Berna, Hagü, Martha und Camillo gingen in eine Eisdiele in unmittelbarer Nähe zur Schule, um auf Ole zu warten.

Die Erwachsenen tranken einen Cappuccino und Berna aß zur Feier des Tages ein Eis mit Sahne.

Als Ole von der Schule ebenfalls in die Eisdiele kam, aß auch er noch ein Eis und dann ist die Abordnung aus Giebelwitz wieder nach Hause gefahren. In Giebelwitz hat man dann am Nachmittag in Camillos Kneipe noch gemeinsam mit den Giebelwitzern die Einschulung von Berna gefeiert und wie immer haben alle die Gelegenheit zum Feiern gerne angenommen.

Für Berna und Hagü begann nun eine Zeit, in der die Zwei ihren Tagesrhythmus neu lernen mussten. Zwar fuhr Hagü den Ole schon eine geraume Zeit zur Schule, nun musste er aber auch Berna für die Schule früh um 6:30 Uhr wecken. Frühstück machen, Pausenbrote schmieren und dann pünktlich um 7:30 Uhr bei Ole hupen. Dann ging es im Tigerente-VW-Bus zur Schule. Oft hat Hagü Besorgungen gemacht oder hat in einem nahen Cafe ein Frühstück genossen und die Tageszeitung gelesen. Selten ist er nach Giebelwitz zurückgekehrt um dann zum Schulschluss wieder los zufahren. Aber das chauffieren der Kinder wurde in der nächsten Zeit, man kann sagen in den nun folgenden Jahren immer mehr zu Hagüs Hauptbeschäftigung.

Berna fand natürlich Freundinnen und wurde von denen zu Geburtstagsfeiern oder sonstigen Gelegenheiten eingeladen. Dann hat sich Berna im Sportverein anmelden wollen, sie hat in der Schule an der Theater AG mitgemacht u.s.w. Und Hagü war immer gefordert Berna zu diesen Anlässen zu fahren.

Aber mit den Kontakten zu anderen Kindern, außerhalb von Giebelwitz wurde Berna nicht nur auf die eine oder andere Aktivität neugierig gemacht, da kamen auch Fragen, die ein älter werdendes Kind eben beschäftigten. Und eines Tages, Berna hatte schon ihren Schlafanzug angezogen und war bereit zu Bett zu gehen und kuschelte wie eigentlich jeden Abend, noch einen Moment bei Hagü im Ohrensessel.

„Du, HagüPa, meine Freundinnen haben mir gesagt, dass jeder eine Mama hätte. Auch ich müsste eine Mama haben. Sag HagüPa, habe ich auch eine Mama?"

Hagü wusste im ersten Moment nicht zu antworten und er drückte Berna ganz nah an sich.

„HagüPa, warum weinst du? Sag, habe ich auch eine Mama?"

„Ja mein Schatz, du hast auch eine Mama."

„Und wer ist meine Mama? Wo ist sie denn? Können wir nicht einmal zu meiner Mama gehen?"

„Ach meine kleine Berna, du musst nun aber wirklich in dein Bett gehen, sonst kommst du morgen

Früh nicht aus den Federn. Lass uns morgen über deine Mama reden."

„Morgen HagüPa? Aber ganz wirklich morgen versprichst du mir das HagüPa?"

„Das verspreche ich dir Berna, komm nun bringe ich dich zu Bett. Gute Nacht und träume süß."

Hagü saß in seinem Ohrensessel und war froh etwas Zeit gewonnen zu haben. Aber er war sich auch bewusst darüber, dass er Berna am nächsten Tag eine Antwort schuldig war. Eine Antwort, die er sich gerade in diesem Moment selbst noch nicht geben konnte. Er schaute noch einmal in Bernas Zimmer, um sich zu vergewissern, dass sie eingeschlafen war, dann ging er hinüber zu Martha und fragte, ob sie etwas Zeit für ihn hätte.

Lange hat Hagü an diesem Abend noch mit Martha gesprochen. Eine ganz zentrale Frage in der Diskussion zwischen ihm und Martha, war der Punkt, dass Hagü seine Berna niemals belügen wollte. Aber war die Wahrheit jetzt, wo Berna gerade einmal sieben Jahre alt war, das was man einem kleinen Mädchen erzählen sollte. Würde die Wahrheit Bernas Frage nach ihrer Mutter beantworten? Würde diese Wahrheit das Glück von Berna vielleicht belasten oder vielleicht sogar zerstören. Würde die Wahrheit die heile Welt, in der dieses kleine Mädchen lebt trüben? Es war eine schwere Situation, in der sich Hagü befand und auch mit Martha schien er keinen Weg aus dieser Situation heraus zu finden, als

Martha auf einmal bemerkte, dass man doch selbst die Wahrheit nicht wisse. Gab es doch noch immer Zweifel, ob Berna damals am Stein abgelegt wurde oder ob sie über die See angespült wurde? Und Martha sprach mit Hagü darüber wie unterschiedlich diese Wahrheiten sein könnten. Die eine Wahrheit wäre, dass Berna am Stein von ihrer Mutter einfach abgelegt wurde, weil diese ihr Kind nicht haben wollte. Oder abgelegt hat, weil sie zu jung oder zu arm für ein Kind war.

Die Wahrscheinlichkeit, dass Bernas Mutter in dieser Wahrheit noch leben würde, das wäre sehr wahrscheinlich und Berna würde bestimmt nach ihr suchen wollen.

Die andere Wahrheit wäre, dass Berna über das Meer angeschwemmt worden wäre. In dieser Wahrheit wäre es sehr wahrscheinlich, dass Bernas Mutter höchstwahrscheinlich ertrunken und dem zu Folge Tod wäre. Aber auch dafür gäbe es keine eindeutige Antwort. Letztendlich machte Martha den Vorschlag, dass Hagü eine Antwort finden müsse, die Berna morgen ihre Frage gut beantwortet, die aber auch Zeit gewinnen lässt, um vielleicht irgendwann in der Zukunft die ganze Wahrheit über Bernas Schicksal zu erfahren.

Hagü war Martha am Ende dieses langen Abends sehr dankbar für ihren aus seiner Sicht sehr weisen Vorschlag, dass man der Wahrheitsfindung eine Chance lassen müsse um bis es soweit wäre, eine fast

wahre Geschichte, wie es hätte eben auch sein können, dem kleinen Mädchen zu erzählen.

Es war schon nach Mitternacht als Hagü zurück
zu Fischer Hansens Haus ging. Er ging in des Dachgeschoss in die kleine Abstellkammer und nach mehr
als 10 Jahren öffnete er zum ersten Mal die Kisten, die
ihm Johannes nach der Auflösung der Villa in Blankenese nach Giebelwitz brachte.

Zunächst öffnete er die Kiste in der Schmuck von
Isolde lag. Auch in diesem Moment wurde ihm nicht
bewusst welchen materiellen Wert er da sorglos in einer nicht abgeschlossenen Abstellkammer ver-
wahrte. Vielmehr gingen ihm direkt Bilder durch den
Kopf in denen er Isolde in unterschiedlichen Situation sah, in denen sie diese Kostbarkeiten trug.

Aber schnell legte er den Schmuck zurück in den
Karton, klappte den Deckel zu und öffnete den
nächsten Karton.

Nun hielt er seit vielen, vielen Jahren erstmals wieder Bilder von Isolde in der Hand. Wie schön sie war,
damals in der Krummhörn, wie ihre Zöpfe rechts und
links unter dem blauen Kopftuch im Wind wehten,
ihre blauen Augen dabei leuchteten und diese lustige
sommersprossige Nase.

Ein anderes Album zeigte Szenen aus der Hamburger Studenten Zeit und dann ein Porträt, dass
man bei einem Fotografen machen ließ bevor man in
das Krankenhaus ging.

Hagü liefen Tränen über die Wangen als er dann Kinderbilder von Isolde fand. Er passte des Porträtfoto in einen passenden Rahmen und stellte fest, dass Berna eine große Ähnlichkeit mit Isoldes Kinderbildern aufwies. Einige von den Kinderbildern sortierte er ebenfalls aus, bevor er den Karton mit den restlichen Bildern wieder schloss.

Er legte sich in sein Bett, um die ganze Nacht wach zu liegen. Am Morgen fuhr er die Kinder dann zur Schule, fuhr an diesem Tag aber auch direkt zurück nach Giebelwitz um noch ein Nickerchen im Ohrensessel zu machen, bevor er die Kinder wieder von der Schule abholte. Es war ein regnerischer Tag. Berna hatte ihre Frage vom Vortag nicht vergessen und Hagü setzte sich mit seiner Tochter in die Stube. Er stellte eine Kanne mit Pfefferminztee auf das Stövchen, nachdem er Berna und sich eine Tasse davon eingeschenkt hatte.

Hagü zeigte Berna das Bild von Isolde und meinte: „Schau Berna, das ist deine Mama."

Berna schaute sich das Bild lange und stumm an bis sie meinte:

„HagüPa, ist sie nicht schön? Schau, sie hat die gleichen leuchtenden blauen Augen wie ich sie habe. Und sie hat die gleichen blonden Haare. Sag HagüPa, wo ist meine Mama?"

Hagü antwortete:

„Berna, deine Mama ist gestorben, als du noch sehr klein warst. Das war in Hamburg, das ist eine große Stadt weit weg von hier. Dann bin ich hier nach Giebelwitz gegangen und habe Fischer Hansens Haus gefunden, um mit dir hier zu leben."

Er zeigte Berna auch die Kinderbilder von Isolde und auch Berna fiel diese sehr große Ähnlichkeit zwischen ihr und Isolde auf. Auf jeden Fall gab sich Berna mit der Antwort von Hagü zufrieden. Sie stellte das Porträtbild von Isolde in ihr Zimmer und zeigte immer wenn Besuch kam, das Bild mit Isolde und dem Hinweis darauf, dass das ihre Mutter sei. Hagü war damit auch zufrieden mit dem was er Berna erzählte. Die Wahrheit, da hatte Martha recht, die kannte niemand. So war jeder zufrieden, die heile Welt blieb für jeden erhalten. Und die Wahrheit? Die hatte Zeit gewonnen, um vielleicht doch irgendwann einmal an das Licht zu kommen.

Hagü war dadurch, dass er die Kinder zur Schule fuhr und dort wieder abholte, nun in einen festen Zeitplan eingebunden. Es erinnerte ihn daran, wie es war als er noch regelmäßig zur Arbeit ging und er musste sich wirklich wieder daran gewöhnen pünktlich etwas erledigen zu müssen. Neben Ole und Berna, kam auch Greta bald als Passagier in dem Tigerenten Bulli hinzu. Morgens um 7:20 fuhr Hagü los und meistens war er erst wieder gegen 14:00 Uhr zuhause. Seine Erledigungen bei Behörden oder Einkäufe hatte er dann jedoch alle auch schon gemacht.

Zum Suchen nach Bernstein kam er nur noch selten und auch die Strandpflege konnte er bei weitem nicht mehr so intensiv durchführen, wie das früher einmal der Fall war. Es kam Hagü so vor, als würde die Zeit wegen dieser sehr regelmäßigen Termine schneller vergehen als das die Jahre davor in Giebelwitz der Fall war. Immer öfter ertappte er sich dabei das Wochenende herbeizusehnen um einfach einmal wie früher ausschlafen zu dürfen.

Wie die Zeit rannte, das konnte Hagü jedoch auch an Berna erkennen. Sie war eine gute und talentierte Schülerin und die Grundschulzeit ging viel zu schnell vorbei. Nach den Sommerferien wird sie nun schon auf eine weiterführende Schule wechseln, dann wird Berna das Gymnasium besuchen. Ole war schon seit letztem Jahr dort und Hagü fuhr zunächst die Grundschule an, um die Mädels abzusetzen und fuhr dann weiter um Ole am Gymnasium abzuliefern. Nach den Ferien wird er nur noch Greta an der Grundschule absetzen bis auch sie ein Jahr später auf die höhere Schule wechselte. Die Kinder waren nun zwischen vierzehn und fünfzehn Jahre alt. Richtige Teenager waren es geworden. Und obwohl Ole der älteste war, schienen die beiden Mädels etwas reifer und weiter entwickelt als Ole. An einem der Sonntags Frühschoppen bemerkte Camillo, dass es doch nun an der Zeit sei die drei Giebelwitzer Teenager zu konfirmieren. Janosch, Lia und Hagü stimmten Camillo darin zu und auch die Teenies fanden die Idee cool. Camillo hing daraufhin ein Schild an die Kneipe:

»Donnerstags Nachmittags von 15:30 bis 17:00 Uhr wegen Konfirmanden Unterricht geschlossen.«

Camillo unterrichtete die Kinder nun jeden Donnerstag bis zur Konfirmation im Katechismus und referierte aus der Luther Bibel. Dabei bewirtete er Ole, Greta und Berna am Stammtisch in der Kneipe mit heißer Schokolade und Kuchen, was den Dreien den Konfirmationsunterricht versüßte.

Dann an einem Sonntag im Mai war Konfirmation Sonntag in Giebelwitz.

Ole trug anläßlich seiner Konfirmation einen schwarzen Anzug, ein weißes Hemd und eine maisgelbe selbst gebundene Fliege. Die beiden Mädchen trugen schwarze kurze Faltenröcke, weiße Blusen ein schwarzes Bolero Jäckchen und maisgelbe Seidenschals. Die Kapelle war bis auf den letzten Stehplatz gefüllt und als Camillo die drei Konfirmanden in die Kapelle führte, sang der Kirchen Chor aus einer der Nachbargemeinden „Wo Menschen sich vergessen."

Wo Menschen sich vergessen,

die Wege verlassen,

und neu beginnen,

ganz neu,

da berühren sich Himmel und Erde, dass Frieden werde unter uns, da berühren sich Himmel und Erde, dass Frieden werde unter uns.

Wo Menschen sich verschenken,

die Liebe bedenken,

und neu beginnen,

ganz neu,

Camillo zelebrierte einen wunderbaren Gottesdienst und nach der Einsegnung und der Fürbitte für die Konfirmanden feierte die Gemeinde gemeinsam das Abendmahl. Beim Auszug der Konfirmanden aus der Kapelle sang noch einmal der Kirchenchor und die Gemeinde folgte Camillo und den Konfirmanden, das war auch am Konfirmation Sonntag nicht anders, hinüber in die Kneipe wo alle gemeinsam die Konfirmation von Ole, Greta und Berna feierten.

Der Mai zeigte sich an diesem Sonntag von seiner allerschönsten Seite und man konnte bis spät in den Abend hinein auf dem Dorfplatz feiern, wo vom späten Nachmittag an auch eine Musik Gruppe die Stimmung einheizte.

Was Hagü an Berna schon vor der Konfirmation aufgefallen war, das wurde nun noch viel deutlicher. Berna war kein kleines Mädchen mehr. Vielmehr entwickelte sie sich immer mehr zu einer jungen hübschen Frau. Immer stärker war Hagü an Isolde erinnert, obwohl eine Ähnlichkeit rein biologisch auszuschließen war, so war es doch verblüffend wie sehr Berna dem jungen Friesenmädchen Isolde ähnelte. Für Hagü stellten sich nun jedoch neue Herausforderungen.

Mit Argwohn beobachtete er wie sich immer wieder junge Burschen aus Bernas Clique für sein Mädchen interessierten. Hagü wurde in diesen Momenten richtig eifersüchtig und wollte nicht verstehen, dass auch Berna Interesse für die Jungs zeigte und diese ihm vorzog.

Dann kam der Tag vor dem sich Hagü nun schon seit längerer Zeit fürchtete. Berna gestand ihm, dass sie sich in einen Jungen aus ihrer Klasse verliebt hätte. Alexander hieß der Auserkorene. Nun fuhr Hagü sein Mädchen immer wieder auch in eine der Bäderstädte auf Rügen wo Berna bei ihrem Freund Alexander die Wochenenden verbrachte. Hagü fuhr dann immer mit einem schlechten Gefühl wieder zurück nach Giebelwitz und hat das Wochenende, alleine zu Hause in stets väterlicher Sorge verbracht.

Aber noch unangenehmer war es Hagü, wenn Alexander bei Berna in Fischer Hansens Haus das Wochenende verbrachte und die beiden in Bernas Zimmer nächtigten während Hagü von Eifersucht gequält unter dem Reetdach lag.

Dazu kam, dass Hagü die Art und Weise wie Alexander sich gab nicht gefiel. Zwar war Alexander ein smarter und gepflegter junger Mann, aber Hagü gefiel es einfach nicht wie Alexander mit dem Erfolg seines Vaters kokettierte. Alexanders Vater war ein Arzt, der sich auf Rügen in einer wahrlich prächtigen Villa eine private Klinik für plastische Chirurgie eingerichtet hatte und dort den Schönen und Reichen die Brüste modellierte. Er saugte den Herren der Schöpfung den Sixpack frei von Bauchfett und spritzte das zu viel an Po-Fett den wohlbetuchten Damen unter die Wangen oder Lippen.

Ob alle das gleiche zahlten, das wusste man nicht, aber sie sahen alle ziemlich gleich aus. Und vor allem so, wie es Hagü schon zu seiner Zeit als Unternehmer in Hamburg zu wider war.

Für Alexanders Vater war es jedoch offensichtlich sehr einträglich und man zeigte das in Alexanders Familie auch sehr gerne was man hatte. Ganz nach dem Motto, mein Villa, mein Boot, mein Auto protzte der Herr Doktor und das färbte nach Hagüs Ansicht sehr nachteilig auf Alexander ab. Auch störte es Hagü, dass Alexander zu Fragen nach seiner Mutter, stets ausgewichen ist. Sein Vater lebte mit einer wesentlich jüngeren Osteuropäerin zusammen, deren wahres Alter schwer zu schätzen war. Auf jeden Fall waren die unterschiedlichen Anbauten an dieser Dame unterschiedlich alt, das war deutlich.

Alexanders Mutter, so hieß es würde in einem Krankenhaus auf Rügen arbeiten und bekäme vom Wohlstand ihres einstigen Gatten wenig bis nichts mit. Und auch die Großeltern müssten in einem Fischerdorf an der polnischen Grenze ein sehr bescheidenes Leben führen. Das alles gefiel Hagü nicht und er akzeptierte Alexander eigentlich nur Berna zu liebe.

Seit einiger Zeit musste Hagü sein Mädchen noch nicht einmal mehr hin und her fahren, Berna war mittlerweile volljährig und hatte einen eigenen Führerschein. Es war Sonntag am frühen Nachmittag als Hagü auf seiner Terrasse saß und verträumt über die Düne hinaus auf die Ostsee schaute als er den VW Beatle von Berna über den Dorfplatz rasen hörte.

Am äußersten Ende der Straße vor der Düne kam das Auto zum stehen und es war tatsächlich Berna, die aus dem Beatle geradezu herausstürzte. Sie rannte offensichtlich weinend an Hagü vorbei und rief ihm zu, das Alexander mit ihr Schluss gemacht hätte und er Hagü sei schuld daran und dass sie ihn dafür hassen würde. In Hagü vermischten sich Gefühle jeglicher Art zu einem nicht zu definierenden Brei. Es versetzte ihm einen Stoß in das Herz aus Bernas Mund zu hören, dass sie ihn hassen würde.

Gleichzeitig beglückte ihn geradezu die Nachricht, dass die Liaison mit diesem arroganten Jüngling vorbei zu sein scheint.

Dann wiederum litt er mit Berna, die ja ganz offensichtlich schlimmsten Liebeskummer durchleben musste. Nach einiger Zeit in der Hagü versuchte seine Gefühlswelt zu sortieren, rappelte er sich aus seinem Schaukelstuhl auf und ging zu Bernas Zimmer. Er klopfte an die Tür und sagte:

„Berna, meine kleine Prinzessin, wie kann ich dir denn helfen, darf ich zu dir hereinkommen?"

„Du kannst mir überhaupt nicht helfen, lass mich in Ruhe, wage dich bloß nicht in mein Zimmer zu kommen. Ich will alleine sein, bitte lass mich alleine sein, geh weg."

Hagü respektierte den Wunsch seiner Tochter, er schenkte sich ein Glas Wein ein und setzte sich in seinen Ohrensessel. Es kamen ihm Gedanken in den Kopf, der ihn an den Abend im Hotel Atlantic erinnerte. Der Abend als Isolde am Nachmittag des gleichen Tages gestorben war. Zwar war Alexander nicht gestorben, aber so ein wenig gleichen sich die Gefühle bei Liebeskummer bestimmt auch. Obwohl Hagü nun auch darüber nachdachte, dass er selbst eigentlich nie persönlichen Liebeskummer erfahren musste.

Noch einmal zurückerinnert an die Nacht im Atlantic wurde im wieder bewusst wie auch er damals zunächst einmal alleine sein wollte und erst am nächsten Tag in der Lage war mit seinem Freund und Anwalt Johannes über das Schicksal von Isolde und eben das Seine zu reden.

In der Nacht, in der Hagü nur wach unter dem Reetdach lag, hörte er Berna einmal zur Toilette und in die Küche gehen. Aber am nächsten Tag blieb

Berna wieder nur in ihrem Zimmer und alle Versuche von Hagü, mit seiner Berna zu sprechen, scheiterten.

Es war dann schon der dritte Abend als Hagü wieder mit einem guten Wein und schweren Gedanken in seinem Ohrensessel saß. Er hörte die Tür von Bernas Zimmer knarren, was ihn erinnerte, dass er schon vor einiger Zeit einen Tropfen Öl an das Scharnier der Tür geben wollte.

„HagüPa, gibst du mir ein Glas Wein von deiner Flasche ab?"

Hagü hatte gar nicht gemerkt als Berna in die Stube kam. Er stand aus seinem Sessel auf, nahm Berna in den Arm und die Beiden standen gefühlt sehr lange in der Stube und drückten sich ohne etwas zu sagen.

Nach dieser gefühlten Ewigkeit sagte Hagü: „Berna, nimm Platz, ich hole dir ein Glas in der Küche."

Er ging auf dem Weg zurück in die Stube in der Speisekammer vorbei und holte noch eine zweite Flasche Waterford Cabernet Sauvignon um nicht noch einmal den Weg gehen zu müssen. Er schenkte Berna den Wein in das Glas, reichte es ihr, nahm sein eigenes Glas und stieß mit Berna an.

„Auf dein Wohl meine Prinzessin" und Berna antwortete:

„Auf unser Wohl mein allerbester HagüPa."

Alleine das tat Hagüs Seele so ungemein gut.

Berna und Hagü saßen nun eine ganze Weile stumm in der Stube, nippten hin und wieder an ihren Rotweingläsern und es hatte den Anschein als wäre jeder in seiner eigenen Gedankenwelt versunken.

„HagüPa, stell dir vor, am Sonntag hat mir Alexander aus heiterem Himmel heraus gesagt, dass er nicht länger mit mir etwas zu tun haben wolle."

So brach Berna das Schweigen in der Stube woraus sich ein langes sehr langes Gespräch entwickelte und Hagü bekam eine Bestätigung dafür, dass es gut war eine zweite Flasche aus der Speisekammer mitzubringen.

Das was ihm Berna erzählte, war ihm aber auch Bestätigung zu seiner persönlichen Meinung, die er von Alexander hatte. Ein Grund für die Trennung von Berna sei ein Gespräch gewesen, das Alexander mit seinem Vater über Hagü führte. So hätte Alexanders Vater zum Ausdruck gebracht, dass Hagü und somit auch Berna für eine dauerhafte Beziehung einfach nicht standesgemäß wären. Hagü würde noch nicht einmal einer geregelten Arbeit nachgehen und die einzigen Ehren, die ihm erwiesen wurden, das war eine Auszeichnung für sein Müllsammeln am Strand. Zudem hätten Nachforschungen von Alexanders Vater ergeben, dass selbst Fischer Hansens Haus nicht Eigentum von Hagü sei, das Haus indem Hagü mit Berna lebt wäre nur gemietet und man müsse sich wundern wie er die Mietzinsen dafür aufbringen würde.

Hagü vermied es nun über Alexander herzuzie-
hen und seine persönliche Meinung kund zu tun.
Auch sah er diese Situation, als völlig ungeeignet um
Berna über seine wirklichen Vermögensverhältnisse
aufzuklären. Informationen darüber würden den lieben Alexander am Ende vielleicht zu allem Überdruss noch einmal umstimmen.

Vielmehr erklärte Hagü seiner Tochter, dass es
Alexander nicht wert wäre ein so fantastisches Mädchen wie Berna sein eigen zu nennen.

„Menschen die nur auf die materiellen Werte
schauen, die sind eigentlich nicht in der Lage jemanden wirklich zu lieben. Man liebt einen Menschen,
seine Seele, nicht sein Aussehen und schon gar nicht
sein Portmonee. Wenn man jemanden liebt, dann
zählt nur das Gefühl. Liebe ist emotional, das ist null
rational. Wenn du berechnest, ob es rentabel ist mit
jemandem zusammen zu sein, dann hat das mit Liebe
nichts zu tun, dann ist das ein Geschäft. Aber du
Berna, du hast es nicht verdient ein Teil eines Ge-
schäftes zu sein. Du Berna, du bist so ein wertvoller
Mensch, du bist es einfach Wert geliebt zu werden.
Und glaube mir, du wirst den Liebeskummer, den du
gerade spürst, schnell überwinden und du wirst dich
irgendwann, irgendwann wenn du nicht damit rech-
nest, dich verlieben und du wirst spüren wie du geliebt wirst. Es wird der Moment kommen, indem du
spürst, dass dich Amor mit seinem Pfeil mitten in
dein Herz getroffen hat."

„HagüPa, du hast ja so recht, ich wünsche mir, dass du so recht hast."

Die zwei saßen so lange in der Stube, bis der letzte Tropfen von dem Süd Afrikaner getrunken war. Als Berna in ihr Zimmer ging, war Hagü schon auf der halben Treppe nach oben.

„HagüPa, sag einmal, du hast den Alexander doch nie so richtig gemocht, oder?"

Hagü schaute in Bernas strahlende blaue Augen und sagte lächelnd: „Gute Nacht meine kleine Berna, schlaf süß."

„Gute Nacht HagüPa, du bist der beste HagüPa, den man haben kann. Danke!"

Berna, hatte ihren Liebeskummer wie prophezeit relativ schnell überwunden. Freundinnen, mit denen Alexander nach Berna Liebschaften einging, bestätigten Berna zudem welch Geistes Kind dieser Alexander war und letztendlich war Berna sogar froh, dass sie sich von Alexander losgesagt hatte. Nun verbrachte sie zur Freude von Hagü wieder sehr viel zeit in Giebelwitz. Beide genossen es wie früher nach stürmischen Tagen an der Ostsee nach Bernsteinen zu suchen und wie früher wetteten sie um einen Drink bei Camillo und wie früher waren Bernas Augen wacher und Bernas Netz war am Ende des Tages immer um ein paar Harzklumpen voller als das von Hagü. In Fischer Hansens Haus, legte Berna ihre Fund dann in die Schatztruhe in ihrem Zimmer und sie war erstaunt, wie viele Bernsteine sie in den vielen Jahren schon gefunden hatte.

An anderen Tagen sind Hagü und Berna mit dem Bollerwagen losgezogen, um Müll vom Strand aufzulesen. Sie machten den langen Weg bis zur Störtebeker Schneise wo noch immer der Container vom Naturschutzbund stand. Dann haben sie oft auf dem Stein gesessen an dem Hagü einst Berna gefunden hatte. Dort orakelte Hagü mit einem weiten Blick hinaus auf die Ostsee von seinem Glücksstein oder vom Wendestein. Vom Stein des Lebens und auch vom Schicksalsstein. Die Fragen von Berna, was er denn damit zum Ausdruck bringen möchte, die beantwortete Hagü ähnlich kryptisch. Berna fühlte sich bei den Geschichten die Hagü auf dem Stein sitzend erzählte an ihre Kindheit erinnert und das war ihr mehr wert als Hagü mit bohrenden Fragen zu quälen. Doch nun als junger erwachsener Mensch glaubte Berna auch zu spüren, dass Hagü ein Geheimnis in sich trug, das mit diesem Stein in Zusammenhang zu stehen schien. Auf dem langen Weg am Strand zurück zur Düne vor Fischer Hansens Haus sprach man aber wieder über die realen Dinge des Lebens, die aktuell anstanden.

Berna musste nun damit beginnen sich auf die Abitur Klausuren vorzubereiten. Und man sprach darüber ob es Anbetracht der bald anstehenden Abiturarbeiten sinnvoll wäre, noch einmal auf Klassenfahrt zu gehen.

Der Plan war, zehn Tage lang auf einem Campingplatz in der Nähe von Trelleborg in Schweden zu verbringen. Hagü machte Berna Mut und meinte, dass es doch ganz gut wäre vor den Klausuren den Kopf noch einmal richtig frei zu bekommen. Zudem sei anzunehmen, dass man nach der Abiturfeier erst einmal in alle Richtungen auseinander ginge und man wahrscheinlich nie mehr die Gelegenheit haben wird, die Abiturklasse zusammen an einen Ort zu bekommen.

Er empfahl Berna diese Zeit zu genießen. Wie wertvoll diese zehn Tage sein werden, das würde Berna irgendwann zu schätzen wissen, wenn sie irgendwann in der Zukunft an diese Zeit zurückdenken würde.

Berna taten diese Gespräche mit Hagü sehr gut und sie ging gedanklich nun mit einer ganz neuen Motivation an die Klassenfahrt heran und begann sich auf die Tage in Schweden zu freuen. Trotzdem verkroch sie sich nun immer öfter und immer länger in ihrem Zimmer um sich auf das Abitur vorzubereiten.

Auch wenn Hagü auf seine Tochter sehr stolz war und sie um ihren Ehrgeiz bewundert hat, so hätte er sich doch auch gewünscht, dass Berna vielleicht ein bisschen mehr am Leben teilgenommen hätte in dieser Zeit.

Hagü selbst hatte nach Jahren fester Termine an denen er Ole, Greta und Berna chauffierte, seine Freiheit wieder gewonnen. Berna war mit ihrem VW

Beatle ungebunden und selbstständig und auch Ole hatte längst einen Führerschein und ein kleines Auto indem er seine Schwester Greta morgens mit zur Schule nahm. Jetzt da die Kinder groß waren, hat Hagü auch seinen Garten wieder umgestaltet und einiges zurückgebaut. Das große Klettergerüst hat in den vielen Jahren dem Wetter Tribut zollen müssen und Hagü hat das Holz nach und nach während den Ostsee-Wintern in seinem Bollerofen verheizt. Die Zwerg-Ziegen und auch die Deutschen Riesen sind irgendwann an Altersschwäche gestorben und am äußeren Rand des Gartens hat sich ein kleiner Tier-friedhof etabliert. Die Ställe rechts und links vom Hühnerstall, die hat Hagü wie das Klettergerüst abgebaut und verbrannt. Nur die Deutschen Sperber, die hat Hagü immer wieder ersetzt. Zum einen wegen der Eier und zum anderen wollte Hagü auf den Hahn nicht verzichten, weil dieser morgens früh den Tag begrüßte und so Hagü einen Wecker erübrigte.

Irgendwie war es in Giebelwitz also ein wenig wie es früher war. Peppone war auch nach all den Jahren noch der Bürgermeister und Camillo war noch immer Wirt und Pfarrer. Nachdem Peppone mittlerweile jedoch in Rente war, trafen sich die drei Freunde zum Teil schon zu einem gemeinsamen Frühstück in Camillos Kneipe. Bei schönem Wetter spielten sie dann auf dem Dorfplatz ein paar Runden Petanque oder Boccia wie die Italiener das Spiel nennen. Obwohl die Drei ihren sechzigsten nun bereits gefeiert hatten, spielten sie mit den Kugeln aber nicht aus Altersgründen, sondern weil es ihnen Spaß machte. Ansonsten rannte Peppone noch immer in der Motorrad Kutte herum und fuhr abwechseln mit seiner Gold Wing oder der Harley mit seiner Gang durch den Norden und unter den Helmen erkannte man ohnehin nicht wie alt diese wilden Kerle waren.

Auch Camillo war noch fit und immer öfter wieder als schwarze Katze auf seinem Kapellen Dach das nach zwanzig Jahren, solange lag die letzte Generalsanierung bereits zurück, den Ostsee stürmen wieder nachgab. Hagü hat ihm jedoch bereits wieder eine etwas größere Kollekte in Aussicht gestellt indem er meinte:

„Camillo, ich verspreche dir, dass spätestens zu Bernas Hochzeit deine Kapelle wieder dicht sein wird."

Und auch Hagü sah man nicht an, dass er den sechzigsten bereits gefeiert hatte. Die drei Männer hielten sich zudem mit Dorfverschönerungen fit. Zwar wurden von Peppone auch immer wieder Bauunternehmen mit Straßenarbeiten und Brunnenbau etc. beauftragt, aber die Männer machten es sich auch zur Aufgabe, die Giebelwitzer Häuser immer wieder so zu renovieren, sodass der Charakter des Ostseefischerdorfes deutlich zum Ausdruck gebracht werden konnte. Die Besitzer der Häuser nahmen diese Zuwendung sehr gerne an und alles in allem half das auch, um eine familiäre Dorfgemeinschaft zu pflegen.

Peppone als Bürgermeister verzeichnete dafür eine jährliche Spende in Höhe von 500 000 €. Alleine diese Spende machte Giebelwitz zur reichsten Gemeinde an der Ostsee und auch das Regierungspräsidium schaute neidisch nach Giebelwitz. Aber da die Spende zweckgebunden und explizit für Giebelwitz war konnten weder Kreis noch Land auf das Geld zugreifen. Zumal der anonyme Spender mit dem Stopp der Zahlungen gedroht hat, sollten Kreis oder Land ihren Begehrlichkeiten nachgeben.

Ein Stopp der Zahlungen drohte auch einmal als Peppone den Spender ausfindig machen wollte und die Zahlungen schon bis in ein privates Geldinstitut nach Hamburg verfolgt hatte. Peppone bekam daraufhin einen Brief indem ein sofortiger Zahlungsstopp angedroht wurde, falls man die Nachforschungen nicht sofort einstellen würde. Unterschrieben war das Schreiben von einem gewissen Rechtsanwalt Dr. Johannes Maria Breitstadt-Heiligenroth. Als Peppone seine Nachforschungen daraufhin sofort eingestellt hatte, kommen die Spenden aber stets in der ersten Januar Woche und das Geld wird wie bestimmt in die Erhaltung und Verschönerung von Giebelwitz gesteckt.

So wurde auch der Brunnen auf dem Dorfplatz installiert und dann daneben die schöne Petanque Spielbahn.

Die Naturschutzbehörde hat wegen all der Aktionen in Giebelwitz auch schon einige Ehrenbriefe an die Gemeinde Giebelwitz verliehen. Zudem wurde

Hagü ein über das andere Jahr für seine Strandpflege ausgezeichnet. Wohl ein wenig als Dank dafür hat man seitens der Naturschutzbehörde zugestimmt, dass Peppone auf seinem Anwesen eine kleine Halle errichten durfte, die er als Werkstatt nutzt.

Hagü hat sich an diesem Bau finanziell beteiligt und Peppone unterstützt, um auch die kostspieligen Ölabscheider zu installieren.

Dafür bekommt Hagü seine zwei Oldtimer bei Peppone von dessen Freunden gewartet. Der VW Bulli bekam schon vor einiger Zeit eine neue Lackierung nachdem die Teenager Ole, Greta und Berna nicht mehr in einer Tigerente zum Gymnasium gefahren werden wollten. Der Bully wurde traditionell in einem Rot mit einem weißen Dach lackiert.

Der Morgan Plus 8 steht da wie neu und Hagü ist mit dem Roadster auch gerne und schnell unterwegs. Und wenn irgend etwas die Idylle und Ruhe in Giebelwitz stört, dann ist es der Achtzylinder von Hagü, die Harley von Peppone oder das Hämmern von „Kater" Camillo auf dem Kapellen Dach.

Treffpunkt der Klassenfahrt nach Trelleborg war der Fähranleger in Rostock wohin Hagü Berna und drei ihrer Freundinnen, die man auf dem Weg nach Rostock aufgelesen hatte, hinbrachte. Er hat die Mädchen dort abgeladen und ist direkt wieder nach Giebelwitz zurückgefahren.

Zu warten bis die Fähre ablegen würde das erschien Hagü unangebracht. Zumal unter den Schülern eine ausgelassene und lockere Atmosphäre herrschte und die Jungs und Mädels der Abiturklasse genossen es ganz offensichtlich noch einmal ein paar Tage zusammen verbringen zu dürfen ohne an Vokabeln oder Formeln denken zu müssen.

Es war richtiges Kaiserwetter und die Ostsee zeigte sich von ihrer ruhigen Seite. So wurde die sechsstündige Überfahrt nach Trelleborg zu einer sehr angenehmen Seereise. Die Schüler verteilten sich in kleine Gruppen über das ganze Fährschiff. Berna lag mit ihren drei Freundinnen auf dem Sonnendeck in Liegestühlen und die Vier ließen es sich bei Kaffee und Kuchen und später bei einem Cocktail gut gehen.

In Trelleborg wartete ein Bus auf die Gruppe, welcher die Schüler zu einem nahe gelegenen Zeltplatz direkt an der Ostsee brachte. Da sich die Schüler dagegen ausgesprochen hatten in konventionellen Zelten zu schlafen, ließ man sich sieben kleine Blockhütten reservieren. In sechs Hütten waren je vier Schüler untergebracht und in der siebten die beiden Lehrkräfte, welche die Gruppe begleiteten. Nach dem man dann die Koffer ausgeräumt und die Betten in den Häuschen bezogen hatte, traf man sich am Gemeinschaftsplatz um das weitere Vorgehen mitgeteilt zu bekommen. Dort stellte sich eine gewisse Frau Liv Olsen den Schülern vor.

In dem Moment als Berna Liv Olsen sah, spürte sie sofort eine große Sympathie für diese Frau und es schien, dass auch Liv Olsen sofort nach dem ersten Blickkontakt einen besonderen Zugang zu Berna gefunden hatte. Liv Olsen wurde einst in Malmö geboren nachdem ihre Eltern von Dänemark nach Schweden ausgewandert waren. Dort in Malmö wuchs Liv auf, besuchte die Schule und studierte dort auch Germanistik. Als sie in Malmö auch einen Partner gefunden hatte ging Liv mit diesem Mann, der jedoch vor mehr als fünfzehn Jahren bereits gestorben war, nach Trelleborg um dort als Deutschlehrerin zu arbeiten. Nebenbei betreut Liv nun schon seit vielen Jahre deutsche Reisegruppen, wenn diese Schweden einen Besuch abstatten. Egal ob das Schulklassen, Kegelklubs oder Männergesangsvereine sind.

Liv steht für die Dauer des Aufenthaltes diesen Gruppen für alle Fragen mit Rat und Tat zur Seite. Sie begleitet die Touristen zu den in der Gegend befindlichen Sehenswürdigkeiten und leitet mit großer Freude Stadtführungen durch Malmö. So war Liv nun auch für die Abiturklasse aus Deutschland für die nächsten neun Tage Ansprechpartnerin.

Als die Schüler dann begleitet von den Lehrern und Liv am nächsten Tag erste Sehenswürdigkeiten besuchten, da war Berna stets in der Nähe von Liv und wenn sich warum auch immer eine gewisse Distanz zwischen den beiden Frauen bildete, dann hat auch Liv immer wieder versucht diese Lücke zu schließen. Wenn Liv an die Gruppe gerichtet sprach, suchte sie immer wieder den Augenkontakt zu

Berna, um dann beim weitergehen im Gespräch festzustellen, dass Berna genau wie Liv diese strahlend
blauen Augen haben würde. Am Abend versammelte sich die Schülergruppe dann am Gemeinschaftsplatz. Dort wurde viel gelacht, wenn man über
Anekdoten aus der nun zu Ende gehenden Schulzeit
erzählte. Immer wieder hat ein Musikus nach der Gi-
tarre gegriffen und die ganze Gruppe stimmte in die
gerade angespielten Lieder ein. Und je später der
Abend wurde, umso ausgelassener wurde die Stimmung rund um das Lagerfeuer.

Aber obwohl Liv eingeladen war gemeinsam mit
den Schülern am Lagerfeuer zu sitzen, zog sich Liv
am Abend zurück und saß abseits auf der kleinen Veranda ihrer Blockhütte und beobachtete das Treiben
aus sicherer Distanz.

Schon am ersten Abend blieb dies Berna nicht verborgen und sie besorgte sich zwei Drinks, ging hinüber zu Liv und fragte, ob sie ihr auf der Veranda Gesellschaft leisten dürfe. In dieser Zweisamkeit kamen
sich die beiden Frauen noch näher als am Tag bei den
Gruppenausflügen. Die Gespräche wurden nun sehr
familiär und intim. Liv erzählte Berna von ihrem
Schicksal, sehr früh den Partner verloren zu haben
und sprach auch über die Umstände die dazu geführt
haben. Auch erzählte sie, dass sie in all den Jahre
nach dem Tod ihres Mannes, keine Beziehung hätte
eingehen können und sie es vorzog alleine zu leben.
Berna wiederum erzählte davon, dass ihre Mutter bei

ihrer Geburt gestorben sei und dass sie ihr Vater alleine groß gezogen hätte. Und sie erzählte, dass auch ihr Vater in all den Jahren keine neue Beziehung eingegangen wäre und nur eine sehr gute Freundin in Martha gefunden hätte, die aber wirklich nur eine sehr gute Freundin sei.

Dieser Hinweis schien Liv zu amüsieren und sie musste kurz aber laut darüber lachen.

„Doch", sagte Berna. „Das musst du mir glauben, Martha mag keine Männer. Also nicht so."

„Ich verstehe schon was du mir sagen willst Berna. Das ist aber nicht der Grund dafür, dass ich alleine geblieben bin", antwortete Liv verständnisvoll.

Als die Tage der Schulfreizeit vorbeigingen, machte sich bei Berna und Liv eine große Traurigkeit breit. Man tauschte die Smartphone Nummern aus und versprach sich gegenseitig, dass man sich einmal wieder sehen möchte. Liv ließ es sich auch nicht nehmen die Klasse nach Trelleborg an die Fähre zu begleiten. Dort haben sich Liv und Berna lange in den Armen gelegen. Beide kämpften einen vergeblichen Kampf mit ihren Tränen und als die Fähre in See stach, stand Berna noch lange am Heck des Schiffes, bis sie das weiße Halstuch mit dem Liv zum Abschied winkte nicht mehr sehen konnte.

Als Hagü seine Berna gemeinsam mit den drei Freundinnen in Rostock wieder in den Bus lud, kam er zunächst nicht dazu mit Berna zu sprechen. Erst als die anderen drei Gaggertanten ausgestiegen waren und Hagü mit Berna die lange Sackgasse alleine nach Giebelwitz befuhr, konnte er fragen wie es denn gewesen sei in Schweden.

Schön wäre es gewesen, man hätte viel Spaß gehabt und es wäre sicherlich das letzte Mal gewesen, dass man als Gruppe so zusammen war. Viel mehr konnte Hagü nicht erfahren. Da Berna Hunger auf eine Mettwurst bei Camillo hatte und auch Durst auf eine Limo, so ist man erst noch einmal in der Kneipe eingekehrt, wo Berna aber auch nicht viel mehr von dem Erlebten preisgab, als vorher im VW Bulli.

Als sie dann zu Hause waren, hat sich Berna frisch gemacht und sich müde in ihr Zimmer zurückgezogen. Und dort hat sie einen großen Teil der nun folgenden Wochen verbracht, um sich auf die Abitur Klausuren vorzubereiten. Die Ferientage in Schweden waren auch deswegen kein vordergründiges Thema mehr gewesen.

Bald waren die Arbeiten alle geschrieben und Berna bestand ihr Abitur mit einer ausgezeichneten Note. Bei der Abiturfeier wurde Bernas Abschneiden noch einmal explizit erwähnt und auch darauf hingewiesen, dass ihr mit diesem Abitur-Ergebnis die Welt offen stehen würde. Was sie jedoch nun weiter machen wollte, dazu hatte Berna am Tag der Abiturfeier noch keine rechte Vorstellung.

Ganz im Gegenteil zu einigen Anderen, die zumindest wussten, dass sie nun zuerst einmal gar nichts machen wollten. Andere planten eine gewisse Zeit in das Ausland zu gehen, dann war da einer der mit dem Fahrrad eine Weltreise starten wollte und wieder andere konnten es nicht abwarten sich umgehend in der Uni einzutragen um so schnell wie möglich in einen Beruf starten zu können.

Hagü war anläßlich dieser Feier nun stolz auf seine Berna und insgeheim wünschte er sich, dass sie sich für einen Studiengang entscheiden würde der auf den nahen Universitäten in Rostock oder Stralsund angeboten würde, sodass Berna ihre Studier-Bude in Fischer Hansens Haus haben könnte. Und tatsächlich tat sie ihm diesen Gefallen. Als Berna und Hagü eines Abends in der Stube saßen, draußen war es sehr stürmisch und Regen prasselte gegen das Fenster.

Berna trank einen Pott Tee und Hagü hatte sich ein Glas 2014er Argentiera Bolgheri Superiore D.O.C. eingeschenkt als Berna ein Gespräch anfing.

„HagüPa, was hältst du davon wenn ich mich an der Uni in Stralsund für die Studiengänge BWL und LTM eintragen würde?"

„BWL, das habe ich auch einmal studiert, das kann dir schon durch das Leben helfen, aber was ist LTM?"

„Das ist Leisure and Tourism Management. Das ist ein Studiengang, der im wesentlichen in englischer Sprache abgehalten wird und das beste aus Wirtschaft und Tourismus vereint. Damit käme es bestimmt zu einigen Überschneidungen zu meinem

BWL Studiengang, aber ich würde meinem Studium auch einen gewissen internationalen Touch geben."

„Würdest du dir dann eine Bude in Stralsund suchen?"

„Ach, HagüPa, würde es dir etwas ausmachen wenn ich zunächst hier bei dir meine Bude hätte?"

„Nein Berna, das würde mir im Gegenteil sehr gefallen. Du würdest mir wirklich einen Wunsch erfüllen, wenn du noch ein bisschen bei mir bleiben würdest."

Berna schrieb sich wie vorgenommen in Stralsund in die beiden Studiengänge LTM und BWL ein. Zu den Vorlesungen musste sie nun mit ihrem VW Beatle etwas mehr als eine Stunde einfache Wegstrecke fahren. Aber wie Berna befürchtete, waren einige Vorlesungen in BWL und LTM sehr ähnlich und Berna hatte bald ein gutes Gefühl für die Vorlesungen die sie benötigte und welche Vorlesungen sie nicht dringend besuchen musste, um ihre Scheine trotzdem zu bestehen.

Wie schon zu Schulzeiten fiel es Berna auch leicht zu lernen und ohne ihre Leistungen negativ zu beeinträchtigen, blieb ihr auch noch genügend Freizeit, um sich mit Freunden zu treffen um Diskotheken, Kino, Theater oder sonst etwas was Spaß macht zu besuchen.

Zwischendurch hatte Berna auch einmal wieder an Liv Olsen in Schweden gedacht. Obwohl man sich unter Tränen versprochen hatte sich anzurufen, gab es in den Monaten seit der Klassenfahrt keinen Kontakt mehr zwischen den Frauen. Und als Berna dann endlich die Zeit gefunden hatte die mitgeteilte Handynummer in das Smartphone zu tippen, musste Berna feststellen, dass sie keine Verbindung zu dieser Nummer bekam. Entweder war die Nummer falsch? Oder Liv hatte mittlerweile eine andere Telefonnummer bekommen? Wie auch immer, Berna konnte keinen Kontakt herstellen und war von nun an darauf angewiesen, dass sich vielleicht Liv irgendwann melden würde. Etwas traurig war Berna schon darüber, aber diese Traurigkeit ist dann auch schnell verflogen. Zumal Hagüs Geburtstag anstand und Berna einige Tage vor dem Geburtstag beim Frühstücken in der Wohnküche meinte:

„Du, HagüPa."

„Ja, hier."

„Nächste Woche hast du Geburtstag!"

„Musst du mich daran erinnern, dass es schon wieder so weit ist und ein weiteres Jahr vergangen ist."

„Ich würde dich gerne einmal schick zum Essen einladen oder hast du dich auch in diesem Jahr wieder mit Camillo und Peppone vorne am Dorfplatz in der Kneipe verabredet?"

„Das war doch jedes Jahr lustig, aber es ist noch nichts geplant."

„Dann lade ich dich hiermit offiziell zum Abendessen im Il Mulino in Stralsund ein. Das ist ein ganz angesagtes italienisches Restaurant. Die haben eine wirklich exzellente Küche und der Besitzer ist ein ganz junger und blonder Italiener."

„Möchtest du mich dort hinführen, um mit mir meinen Geburtstag zu feiern oder ist es der süße Italiener der dich interessiert und ich bin nur ein Vorwand?"

„HagüPa, was denkst du? Sei nicht albern. Kommst du mit?"

„Unter einer Bedingung."

„Und die wäre?"

„Ich darf den Abend bezahlen!"

„Ich freue mich HagüPa, ich bestelle einen Tisch und stelle das Menü zusammen und du darfst unser Candle-Light-Dinner bezahlen. Ist das OK?"

„Berna, ich freue mich schon heute auf den Abend, vielen Dank!"

Dann war Geburtstag! So ganz kam man um Camillos Kneipe auch an diesem Geburtstag nicht herum. Schon bevor Martha zur Arbeit fuhr hat sie Hagü zum Geburtstag gratuliert und mitgeteilt, dass sie einen gedeckten Apfelkuchen gebacken hätte, den sie jetzt noch vor der Arbeit zu Camillo bringen würde und dass sie heute früher Feierabend macht damit sie pünktlich um halb drei zum Geburtstagskaffee bei Camillo in der Kneipe zu kann.

Am Nachmittag trafen sich dann Camillo, Peppone und Martha mit Hagü zum Geburtstagskaffee. Als Peppone nach dem Kaffee vier Kühlungsbräu zapfen wollte lehnte Hagü dann aber mit dem Hinweis auf sein Candle-Light-Dinner mit Berna im Il Mulino dankend ab. Er trug Camillo auf, dass er alles was für den Rest des Tages nun in der Kneipe verköstigt werden würde, auf einen Deckel zu schreiben, den er dann in den nächsten Tagen bezahlen wolle. Und alles was getrunken wird solle man bitte auf sein Wohl trinken. Auf diese Art und Weise hat in Camillos Kneipe dann doch wie jedes Jahr zuvor eine tolle Geburtstagsparty stattgefunden. Dass das Geburtstagskind fehlte, das ist irgendwann am späteren Abend keinem mehr aufgefallen.

Berna und Hagü sind im Roadster nach Stralsund in das Il Mulino gefahren. Berna sah wunderschön aus, aber auch Hagü war kaum wieder zu erkennen ohne Jeans und T-Shirt.

Er trug den Stahlblauen Anzug, den er sich vor gar nicht allzu langer Zeit in Milano schneidern ließ.

Darunter trug er ein Hemd in einem blassen rosé Ton, passend zum Hemd ein Einstecktuch. Hellbraune Stiefeletten und passend zu den Schuhen einen Ledergürtel.

Direkt vor dem Restaurant war ein Parkplatz frei und als Hagü für Berna die Tür des Roadster aufhielt, da blieben fremde Leute einfach stehen, um sich dieses schöne Paar anzusehen.

Als Berna, die sich bei Hagü eingehängt hatte dann in Richtung des Restaurant Eingangs schwebte, öffnete ein recht großer blonder junger Mann, mit stahlblauen Augen die Pforte

„Buonasera signori, treten Sie bitte ein."

Der Junge Mann war Giuseppe Facinelli. Sein Vater war Antonio Facinelli und stammt aus Süd Tirol, Giuseppes Mutter ist eine Mailänderin. Sie kamen nach der Wende nach Rostock und haben sich nach und nach mehrere Restaurants aufgebaut. Heute haben sie Restaurants in Binz, Selin, Baabe und Göhren. Dazu noch einige Eissalons. Eigentlich sollte Giuseppe in das elterliche Geschäft einsteigen. Aber der Junge Mann, der nun 27 Jahre alt war, wollte auf eigenen Beinen stehen. Zudem wollte er sich einen Kundenstamm aufbauen, was in den Touristen Orten nur schwer möglich ist. Außerdem lag ihm daran ein etwas höherpreisiges Restaurant anzubieten, um eine Klientel anzusprechen, die gerne gut isst und auch bereit ist eine sehr gute Flasche Wein zum Essen zu bestellen.

Giuseppe musste sich zwingen seine Blicke von Berna zu Hagü lenken. Fasziniert schaute er diese junge Frau an und auch als er Hagü die Weinkarte reichte konnte er seine Blicke nur schwer von Berna lassen.

Aber Hagü blieb es auch nicht verborgen wie Berna die Blicke von Giuseppe erwiderte.

Die Menüfolge, die Berna zusammengestellt hatte traf zu 100 % Hagüs Geschmack und nachdem die einzelnen Gänge serviert waren, hat sich Giuseppe auch diskret im Hintergrund gehalten. Zwar konnte Hagü sehr gut sehen, wie Giuseppe sein Mädchen aus dem Versteck anhimmelte aber da er im Rücken von Berna stand, war es Hagü möglich ein sehr schönes Gespräch mit seiner Tochter zu führen.

Irgendwann nach Dolce und Espressi sagte Hagü:

„Berna, ich danke dir für diesen wunderschönen Abend. Das war heute der schönste Geburtstag, den ich jemals erlebt habe. Ich kann dir gar nicht sagen wie stolz ich auf meine wunderschöne und kluge Tochter bin. Berna, du bist mein größtes Glück."

Berna lächelte Hagü an und hauchte:

„HagüPa, du bist der beste Pa, den man sich wünschen kann. Ich liebe dich!"

In diesem Moment trat Giuseppe an den Tisch und hatte offensichtlich die letzten Worte von Berna mitbekommen.

„Darf es noch etwas sein Segnori?"

„Nein, vielen Dank. Sie dürfen meinem Vater die Rechnung bringen."

In diesem Moment fingen Giuseppes stahlblauen Augen an zu leuchten, so als hätte er gerade die Information erhalten, auf die er den ganzen Abend schon gespannt gewartet hatte.

Giuseppe brachte die Rechnung auf einem silbernen Teller und auf zwei kleinen weißen Porzellan Tellerchen servierte er Hagü und Berna jeweils eine Praline. Die Pralinen waren in Form von Kartenspiel Farben geformt. Hagü bekam die Praline in Form von Kreuz mit Schokolade überzogen.

Berna hatte ein Herz mit roter Erdbeere Glasur auf ihrem Tellerchen.

Als Giuseppe Hagüs Kreditkarte mit den Belegen auf dem silbernen Teller zurückbrachte, hatte er wieder nur Augen für Berna, die mit spitzem Mund genüsslich ich die herzförmige Praline biss.

Giuseppe verabschiedete seine beiden Gäste an der Tür, die er Hagü und vor allem Berna aufhielt und er blieb in der Türe stehen bis der Roadster am Ende der Straße abbog und aus seinem Blickfeld verschwand.

„HagüPa, hast du gesehen wie mich dieser Giuseppe angeschaut hat?"

„Berna ich habe auch gesehen wie du Giuseppe angeschaut hast."

„Papa!"

„Berna, vielen Dank für diesen schönen Abend."

Zwei Tage nach dem Geburtstagsdinner, es war ein Samstagmorgen, saßen Hagü und Berna beim Frühstücken in der Wohnküche als auf dem letzten

Stück Asphalt vor der Düne ein Alfa Romeo Giulietta zum stehen kam. Hagü hatte von seiner Bankecke, beste Sicht auf diese Stelle der Straße und erkannte, dass Giuseppe aus dem Alfa stieg. Er ging um das Auto herum und holte von Beifahrersitz einen riesigen Strauß roter Rosen. „Berna, wenn es jetzt klopft, dann ist es glaube ich für dich." Und schon hörte man eine Stimme im Flur. „Bongiorno! Ist jemand zu Hause?" Berna ging zur Haustüre und sah Giuseppe.

„Hallo Frau Balthasar, ich musste sie einfach wieder sehen und konnte mich nicht davon abhalten zu ihnen zu kommen. Ich möchte sie gerne heute Abend zum Abendessen in Selin auf der Seebrücke einladen und würde mich so sehr freuen, wenn sie mir diesen Wunsch erfüllen würden."

„Bitte sage Berna zu mir."

„Nichts täte ich lieber als das. Ich heiße Giuseppe."

„Ich glaube die Blumen brauchen Wasser?"

„Oh, entschuldige, die Blumen habe ich jetzt ganz vergessen. Die habe ich für dich mitgebracht"

Berna nahm die Blumen und bat Giuseppe in die Wohnküche um selbst im Duschbad zu verschwinden. Jedoch weniger deswegen, weil sie die Blumen in eine Vase stellen wollte. Vielmehr ging es ihr darum sich frisch zu machen. So gerade aus dem Bett gefallen fühlte sie sich noch nicht ganz tageslichttauglich und für Giuseppe schon gar nicht.

Obwohl es schien, dass ihm von der Liebe geblendet dafür ohnehin der Blick fehlte.

„Na, dass wir uns so schnell wiedersehen hätte ich nicht gedacht. Woher kennst du Bernas Adresse?"

„Auf ihrer Kreditkarte konnte ich ihren Namen lesen. Hans-Günther Balthasar stand dort und der Rest war einfach. Ich hoffe sie können mir diese Nachforschungen verzeihen Herr Balthasar, aber ich musste ihre Tochter einfach wieder sehen."

„Sag bitte Hagü zu mir. Herr Balthasar hat in den letzten zwanzig Jahren nur der Polizeiobermeister Gangolf zu mir gesagt."

„Das ist ein wunderschöner Strauß, Giuseppe. Vielen Dank!"

„Aber die schönste Rosen von allen bist du Berna!"

„Magst du eine Tasse Kaffee oder hat dir HagüPa schon einen angeboten?"

„Ich nehme gerne einen Kaffee, aber ich warte auch noch auf eine Antwort."

„Auf welche Antwort wartest du noch?"

„Ob du mich heute Abend auf die Seebrücke nach Selin zum Abendessen begleiten möchtest?"

„Ja, gerne nehme ich die Einladung an. Habe ich das noch nicht gesagt Giuseppe?"

„Du kannst gar nicht wissen wie sehr ich mich freue, dass du meine Einladung annimmst. Ich hole dich um 17:30 Uhr hier in Giebelwitz ab. Ist das Okay für dich?"

„Das ist eine sehr gute Zeit Giuseppe."

Man erzählte sich noch Belanglosigkeiten während Giuseppe seinen Pott mit Kaffee austrank. Dann ging er zu seinem Alfa mit den Worten

„bis heute Nachmittag Berna, ich freue mich so sehr, dass du mit mir den Abend verbringen möchtest."

Er wendete den Alfa und brauste über die Dorfstraße davon. Berna sah sehr glücklich aus. Hagü musste nicht mit Berna reden, um zu verstehen, was in ihr vorging und so ließ er sie auch weitestgehend in Ruhe, zumal sie den Rest des Tages ohnehin fast ausschließlich im Duschbad des Erdgeschosses verbrachte. Pünktlich um 17:30 Uhr stand der Alfa Romeo wieder auf dem letzten Stück Asphalt vor der Düne. Berna die am Fenster in der Wohnküche gewartet hatte lief direkt aus dem Haus und als Giuseppe aus dem Auto stieg war Berna schon an selbigem angekommen. Die Beiden begrüßten sich mit einem Kuss auf die Wangen, Giuseppe hielt Berna die Beifahrertür auf und dann war Hagü alleine in Fischer Hansens Haus.

Das wird jetzt wohl wieder öfter der Fall sein dachte er sich. Auch spürte er wieder dieses blöde Gefühl seine Berna wieder teilen zu müssen. Und das zu sicherlich verdammt ungerecht großen Teilen zu seinen Ungunsten.

Aber Hagü hegte auch eine große Sympathie zu Giuseppe und er spürte, dass es dieser junge Mann mit seiner kleine Berna wirklich Ernst meinte.

Zur Feier des Tages machte er sich dann am Abend eine Flasche San Leonardo Rosso auf die er in seinem Ohrensessel sitzend verköstigte. Heute war einmal wieder einer der Abende wo ihm seine Isolde Gesellschaft leistete und er war mit seinen Gedanken ganz weit in der Vergangenheit und hing schönsten Erinnerungen an seine große Liebe nach.

Als es zwölf Uhr und die Flasche San Leonardo Rosso leer war, ging Hagü nach oben in sein Bett unter das Reetdach. Einschlafen konnte er nicht. Und dann hörte er wie ein Auto vor Fischer Hansens Haus vorfuhr. Ein Blick auf seine Uhr zeigte im, dass es kurz vor zwei Uhr war und als Hagü die Zeit zu lange wurde, weil er das Türschloss nicht hörte, stand er auf und ging hinunter in die Wohnküche wo er vom Fenster besten Blick auf die Straße hatte.

Das Licht ließ er bewusst gelöscht.

Er erkannte aus dem Dunkel, wie Giuseppe und Berna eng umschlungen neben dem Alfa standen und sich innig und leidenschaftlich küssten. Der volle Mond mit seinem hellen Licht war Hagüs Gehilfe und obwohl sich Hagü ein wenig schämte, der Voyeur seiner eigenen Tochter zu sein, so konnte er doch nicht davon ablassen, diese Szene weiter zu betrachten.

Als sich die Liebenden voneinander lösten und Berna zur Haustüre schwebte, beeilte sich Hagü nach oben in sein Bett zu kommen. Schon öffnete sich die Tür und Berna stöckelte zu ihrem Zimmer. Doch bevor sie die Zimmertür erreicht hatte rief sie:

„Gute Nacht HagüPa! Schlaf süß!"

In den folgenden Monaten verfestigte sich die Liebe zwischen Berna und Giuseppe zusehend und die zwei waren glücklich und unzertrennlich. Hagü war nun wieder wie zu Beginn seiner Zeit in Giebelwitz alleine in Fischer Hansens Haus. Auch Martha war, nachdem sich Ingeborg Mitzkat geoutet hatte, nur noch an den Wochenenden und an Feiertagen in Giebelwitz. Ansonsten lebte sie unter der Woche gemeinsam mit ihrer Partnerin in Stralsund in Ingeborgs schöner Wohnung. Positiv an dieser Situation war, dass Hagüs Bernsteinschatz wieder anwuchs und der Giebelwitzer Strandabschnitt wie geleckt aussah. An den Nachmittagen ging er nun wieder öfter in Camillos Kneipe wo sich auch immer wieder Peppone dazu gesellte und Hagü konnte mit Camillo über Gott und mit Peppone über die Welt reden. Langeweile kannte Hagü also nicht unbedingt, nur Berna, ihre Gesellschaft fehlte ihm immer wieder dann, wenn er alleine in Fischer Hansens Haus in der Stube saß.

In der Folge, dachte er wieder viel mehr als das in den letzten Jahren der Fall gewesen ist, an seine Isolde. Immer wieder ging er nun auch in die kleine Abstellkammer unter dem Reetdach und wühlte in den Umzugskisten, die ihm einst Johannes dort abgestellt hatte und hing den schönen alten Zeiten nach. Berna besuchte ihren HagüPa jedoch sehr regelmäßig an den Wochenenden, wo sie entweder am Samstag- oder am Sonntagnachmittag ein paar Stunden mit Hagü in Giebelwitz verbrachte. So freute sich Hagü nun auch auf den kommenden Samstag für den sich Berna zu einem langen Strandspaziergang angemeldet hatte.

Die Wetterprognose war perfekt und Hagü wartete am Fenster der Wohnküche auf Bernas Ankunft.

Als dann der VW Beatle vor der Düne parkte war Hagü voller Freude.

Nach einer kurzen Begrüßung ist man dann auch direkt aufgebrochen und über die Düne an das Gestade der Ostsee gelaufen, um am Strand entlang in Richtung Störtebeker Schneise zu spazieren. Die Beiden waren schon fast eine halbe Stunde unterwegs in der sie einfach nur die gegenseitige Nähe genossen, als Berna anfing zu erzählen.

»HagüPa ich bin ja so glücklich und noch immer über beide Ohren in Giuseppe verliebt. Und der pflückt mir die Sterne vom Himmel. Als ich nun letzte Woche wieder bei ihm im Restaurant ausgeholfen habe, weil eine Buffet Kraft ausgefallen war, da verdunkelte sich auf einmal das Restaurant und Giuseppe fuhr auf einem Servierwagen eine riesige Torte, illuminiert mit Feuerwerk durch das dunkle Lokal und stellte die Torte vor dem Buffet, wo ich stand ab. Er sagte mir, dass die Torte alleine für mich sei und ich konnte in süßer Zuckerschrift lesen:

„Mio Amore Berna, willst du mich Heiraten!"

Zuerst habe ich gelacht, dann musste ich weinen und dann rief ich laut, Ja-Ja-Ja. Während ich Giuseppe umarmte und küsste, haben uns all die Angestellten und Gäste laut applaudiert.

Ich habe mich dann an Gäste und Angestellte gewandt und gesagt, dass ich mein Glück mit allen teilen wolle und ich habe die Torte portioniert und verteilt und es wurde ein wunderschöner Abend im Il Mulino.

Hochzeit wollen wir nun im kommenden Mai feiern. Und ich wünsche mir in Camillos Kapelle getraut zu werden. Giuseppe der katholisch getauft ist, der hat schon zugestimmt, glaubst du Camillo würde das für uns tun?«

„Komm Berna, lass dich erst einmal umarmen und drücken. Ich freue mich so sehr für dich und es tut mir so gut zu sehen wie glücklich du bist. Camillo brauchst du glaube ich nicht zweimal zu bitten. Der wird sich freuen wenn ihr von ihm getraut werden wollt und ich freue mich auch riesig, dass ihr in Giebelwitz heiraten möchtet. Ich verspreche dir schon heute das größte Fest was Giebelwitz … Was sage ich? Was ganz Deutschland … Nein das größte Fest das die Welt gesehen hat."

Nachdem die Zwei weiter gelaufen sind erwähnte Berna, dass sie in den nächsten Wochenenden nicht kommen könne, da sie mit Giuseppe eine längere Urlaubsreise an die Westküste der USA machen würde.

Dann sahen sie schon den großen Stein am Strand liegen und natürlich entschieden sie bis dort hin zu laufen bevor sie den Rückweg antreten würden. Am Wendepunkt angekommen setzten sich Hagü und Berna auf den Stein und schauten still hinaus auf die Ostsee wo sich ihre Blicke am Horizont verloren haben.

Es war ganz still, nur das anlanden der Wellen und das Schreien der Möwen war zu hören als Berna die Stille an der See mit einer Frage durchbrach.

„Sag einmal HagüPa, kannst du dir vorstellen, dass ein kleines Kind, eingepackt in Schwimmwesten, hier von der Ostsee angespült werden könnte?"

Hagü konnte nichts sagen und starrte Berna an.

„HagüPa was ist los, warum schaust du so erschrocken, ist es dir nicht gut, was ist?"

„Ähh …nein, nein …alles OK …aber um Gottes willen, wie kommst du auf so eine Frage?"

Und Berna begann wieder einen längeren Monolog:

»Du kannst dich doch bestimmt noch erinnern als ich mit der Abiturklasse vor etwa drei Jahren nach Trelleborg gereist war. Es war dort schon am ersten Tag nach der Ankunft, dass sich uns eine gewisse Liv Olsen vorgestellt hat. Liv ist eine schwedische Deutschlehrerin, die nebenbei Reisegruppen betreut, so wie wir damals eine Gruppe waren. Merkwürdig war, dass ich mich bereits beim ersten Treffen zu dieser Frau hingezogen fühlte und auch ich habe auf Liv direkt eine große Anziehungskraft ausgelöst.

Bei den Tagesausflügen haben wir dann stets die Nähe zueinander gesucht und wir haben viel miteinander geredet. An den Abenden wenn dann am Gemeinschaftsplatz auf dem Campinggelände viel gelacht und musiziert wurde, dann hat sich Liv stets abgesondert und das Treiben aus der Ferne von der Terrasse ihres Blockhauses beobachtet.

Ich bin jeden Abend zu ihr gegangen und wir haben diese Zweisamkeit sehr genossen. Wir wurden immer vertrauter und haben uns dann auch sehr vertrauliche Dinge erzählt. Ich erzählte ihr zum Beispiel, dass meine Mama bei meiner Geburt gestorben ist und du dann mit mir nach Giebelwitz gegangen bist, wo du mich alleine groß gezogen hast, ohne jemals wieder eine Partnerschaft einzugehen.

Liv erzählte mir daraufhin, dass auch sie nach dem Tod ihres Mannes vor mehr als fünfzehn Jahren keine Partnerschaft mehr gewollt habe. Obwohl sie es nicht deutlich ausgesprochen hat, war es aber wohl so, dass sich ihr Mann Michel selbst das Leben genommen hat. Und zwar hatte sich mehrere Jahre vor Michels Tod sehr schicksalhaftes ereignet.

Liv erzählte, dass sie und Michel gemeinsam mit ihrer kleinen Tochter, an einem schönen Augusttag zu einem Segeltörn auf die Ostsee aufgebrochen sind. Sie waren schon weit vom Festland entfernt als sich am Horizont eine Gewitterfront bildete. Michel der ein sehr erfahrener Segler war, wollte mit seiner Segeljacht dem Gewitter ausweichen. Der Sturm war aber zu stark und zu schnell an der Position der Segler angekommen. Sie zogen dann ihre mit GPS ausgestatteten Rettungswesten an und Liv wickelte die kleine Tochter in eine Wärmedecke aus dem Erste-Hilfe-Kasten und dann in die drei älteren Rettungswesten ohne GPS Sender.

Dann ist passiert wovor Liv und Michel am meisten Angst hatten. Das Boot kenterte und die Drei gingen über Bord. Zunächst konnte man sich zusammen festhalten. Doch dann kam eine riesige Welle und riss Michel die kleine Tochter aus dem Griff.

Beim Versuch dem kleinen Bündel nachzuschwimmen, um es wieder zu greifen, da wurden die Drei endgültig getrennt. Liv und Michel trafen sich dann wieder auf dem Seerettungsboot der Küstenwache, die kleine Tochter blieb jedoch verschwunden und Michel machte sich verantwortlich dafür und fiel in eine tiefe Depression.

Nach drei Tagen hat man dann die Suche eingestellt und das Kind für Tod erklärt. Die Küstenwache
in Schweden hatte es damals kategorisch ausgeschlossen, dass das Mädchen irgendwo angelandet
sein könnte. Die Strömungsverhältnisse sprächen
einfach nur dagegen.«

Hagü war es ganz flau im Magen und er bemühte
sich um Fassung.

„Ja, das ist etwas was auch mir einmal die Küstenwache erklärt hat. Die Strömungsverhältnisse würden ein anlanden von Sachen in der beschriebenen
Größe verhindern"

„Ich frage mich nur, wo dann der ganze Plastikmüll herkommt, wenn ein anlanden wegen der Strö-
mung nicht möglich ist", bemerkte Berna.

„Sag Berna, hast du in den letzten drei Jahren keinen Kontakt mehr zu Liv gehabt?"

„Das ist auch so eine Sache", sagte Berna und fuhr
fort:

„Als wir von der Klassenfahrt wieder nach
Rostock aufgebrochen sind, da hat mich Liv bis zu
dem Fährableger begleitet. Wir haben uns sehr lange
in den Armen gelegen und uns versprochen, dass wir
Kontakt halten wollen. Als ich dann aber nach einigen Wochen die Telefonnummer wählte, die mir Liv
gegeben hatte, da bekam ich den Hinweis, dass die
Nummer nicht vergeben sei. Sie hat mich in all den

Monaten nie versucht zu erreichen. Demzufolge hatten wir keinen Kontakt mehr. Das letzte was mich an sie erinnert ist, dass sie lange am Fährableger stand und mit ihrem weißen Schal gewinkt hat bis ich sie nur noch als kleinen Punkt am Horizont erkennen konnte."

Dann traten Hagü und Berna den Rückweg zu Fischer Hansens Haus an. Was sie auf dem Weg zurück erzählten, das hat Hagü nicht mehr wahrgenommen. Viel zu sehr war er mit der Geschichte beschäftigt die ihm Berna da erzählt hatte. Zu Hause angekommen, trank Berna noch einen Kaffee und hat sich dann von Hagü für die nächsten fünf Wochen verabschiedet, die sie mit Giuseppe in Kalifornien verbringen wollte.

Hagü bekam die Geschichte nicht mehr aus dem Sinn. Die ganze Nacht grübelte er in der Stube, was er nun tun solle?

Auch das war wieder einmal eine dieser Nächte, nach denen Hagü das Lied der Amsel im Ohrensessel vernahm. Hagüs Plan, hat sich in dieser Nacht jedoch manifestiert. Für ihn gab es nur eines, er musste nach Schweden und diese Liv Olsen finden.

Das Berna mit Giuseppe lange in Urlaub sein würde, war zudem eine Fügung des Schicksals.

Hagü hatte den Plan, Liv Olsen zu finden und einen Gen-Test durchführen zu lassen. Wie damals als man die skelettierte Frauenleiche in der Störtebeker Schneise gefunden hatte und man untersuchte ob

Berna in einem Verwandtschaftsverhältnis zu dieser Frau steht, so hat Hagü auch jetzt zunächst Bernas Haarbürste und ihre Zahnbürste in je eine gut zu verschießende Plastiktüte gesteckt. Dann packte er die Bürsten mit ein paar Klamotten für ca. acht Tage in seine Louis Vuitton Tasche, seinen Toiletten Beutel dazu und fertig. Er steckte etwas Bargeld in die Hosentasche, checkte, ob er Pass und Geldkarten hatte. Dann schloss er Fischer Hansens Haus und hatte wie immer Mühe bis das Schloss endlich zuging. Er warf die Tasche auf den Beifahrersitz des Roadster und fuhr zunächst zu Camillo in die Kneipe. Er bestellte einen Kaffee und erzählte Camillo, dass er ein paar Tage wegmüsse und bat Camillo, dass er Morgens die Hühner aus dem Stall lassen soll, um sie Abends wieder wegzusperren.

„Selbstverständlich kümmere ich mich um deine Hühner, aber wo musst du denn so dringend hin?"

„Lass mal Camillo, das erzähle ich dir wenn ich zurück bin."

„Na, das muss ja etwas ganz geheimes sein?"

„Ich bin in acht Tagen wieder zu Hause, dann erzähle ich dir was ich gemacht habe. Vielen Dank, dass du mir auf meine Hühner achtest."

Hagü verabschiedete sich von Camillo, gab ihm den Hausschlüssel von Fischer Hansens Haus und fuhr nach Rostock zur Fähre Richtung Trelleborg.

Als Hagü am Fähranleger ankam, stand die Fähre nach Schweden schon da mit offenem Schlund und Hagü konnte, ohne anzuhalten, in den Bauch der Fähre fahren, um seinen Roadster dort abzustellen. Er nahm seine Wertsachen aus der Tasche. Die Haar- und die Zahnbürste legte er vorsichtshalber in den Kofferraum des Wagens. Nachdem er sich noch einmal rückversichert hatte, dass der Morgan gut verschlossen war, begab er sich auf die Suche nach einem schönen Platz auf dem Schiff. Immerhin würde die Überfahrt nach Schweden sechs Stunden betragen und die See zeigte sich heute auch nicht unbedingt von ihrer ruhigen Seite.

Mit Übelkeit auf See hatte Hagü jedoch keine Probleme und so ging er zunächst einmal an die vielen Imbiss Kioske um sich einen Kaffee und einen Schoko-Croissant zu gönnen, denn er hatte außer der Tasse Kaffee bei Camillo noch nichts gefrühstückt. Dann fand er auf seinem Weg eine Spielhalle auf dem Schiff mit unterschiedlichsten Geldspiel-Geräten. Er blieb an einem einarmigen Banditen hängen und dieser Automat befreite ihn von seinen quälenden Gedanken, die er sich immer noch machte und es schien, dass er Hagü auch von einigen seiner Scheine in der Hosentasche befreien würde.

Aber als er schon beschlossen hatte nach den noch drei offenen Kreditspielen aufzuhören, das zeigte der Automat dreimal eine Kirsche, die Glocke läutete und der Automat begann sich zu übergeben.

Als Hagü an der Kasse die gewechselten Geld-münzen nun wieder in Form von Scheinen in die Ho-sentasche zurücksteckte hatte er sogar einen kleinen Gewinn zu verzeichnen.

„Beginnt ja glücklich die Reise, hoffentlich wird sie so glücklich und erfolgreich auch zu Ende gehen", sinnierte Hagü auf seinem Weg zum Oberdeck, wo er einmal nach dem Wetter sehen wollte. Er fand einen Platz an einer windgeschützten Stelle, setzte sich in einen Liegestuhl und benutzte eine der angebotenen Decken, um sich zu wärmen. Als er wieder auf-wachte konnte er schemenhaft schon die schwedi-sche Küste erkennen.

Nach einer weiteren Stunde legte die Fähre in Trelleborg an. Es war kurz nach 17:00 Uhr als Hagü den Roadster aus der Auto-Ladefläche der Fähre her-ausfuhr. Um nun noch den Campingplatz aufzusu-chen, erschien es Hagü zu spät und er suchte sich stattdessen ein Hotel etwas abseits vom Hafen. Er buchte ein Doppelzimmer für zunächst 2 Nächte, er bezog das Zimmer, richtete seine Toilettenartikel im Bad ein und fragte an der Rezeption nach einem Lo-kal in der Nähe um etwas zu Abend zu essen. Als er dann gegen 22:00 Uhr alleine in seinem Hotelzimmer saß, begann es wieder in seinem Schädel zu rattern

»Wird er morgen auf Liv Olsen treffen? Wenn ja, wie würde er ihr sein Anliegen mitteilen?

Frau Olsen, ich habe vor mehr als zwanzig Jahren ihre Tochter in Deutschland am Strand von Giebelwitz gefunden! Nein, das kann man so nicht sagen. Zumal man noch nicht einmal weiß, ob es zwischen dieser Frau und Berna überhaupt eine Verbindung gibt. Die Küstenwachen in Schweden und in Deutschland hatten es mit 98 prozentiger Sicherheit ausgeschlossen, dass ein anlanden eines Baby großen Paketes an der Küste von Giebelwitz möglich sei. Aber was Berna bei unserem Strandspaziergang sagte, das ist sinnvoll. Sie fragte sich, warum dann der ganze Plastikmüll anlandet, wenn es strömungstechnisch doch gar nicht möglich wäre? Wie sehr hatte ich mir gewünscht, dass das weibliche Skelett aus der Störtebeker Schneise nicht mit Berna verwandt war. Warum hoffe ich heute eigentlich, dass nun zwischen Liv und Berna ein Verwandtschaftsverhältnis besteht? Ich kenne die Frau doch gar nicht und bei dem Skelett war die Wahrscheinlichkeit eigentlich noch größer als nun bei dieser Frau hier in Schweden.«

Irgendwann hat dann die Müdigkeit gegen die Gedanken gewonnen und Hagü ist in voller Montur wieder einmal eingeschlafen. Er hatte eigentlich sehr fest und ruhig geschlafen als ihn dann die Morgensonne weckte. Es war noch recht früh, aber Hagü begrüßte den Tag mit einer schönen Dusche, er rasierte sich, auch um etwas seriöser zu wirken, nahm eine neue glatte Jeans aus der Tasche und zog sich ein weißes Hemd an. Hagü ging dann frühstücken.

Neben vielen Sorten Grütze und Jogurts wurde jedoch auch Aufschnitt, Käse und Marmelade angeboten. Aber Hagü war kein großer Frühstücker. Er trank zwei Tassen Kaffee, aß einen Croissant und schenkte sich ein halbes Glas Orangensaft ein. Danach ging er zur Rezeption, gab seinen Zimmerschlüssel dort ab und fragte nach dem in der Nähe befindlichen Campingplatz.

„Ja genau, der mit den kleinen Blockhäusern, das ist der Platz, den ich suche."

Hagü hatte keine Probleme damit, den Campingplatz zu finden. Er parkte sein Auto außerhalb des Platzes und lief die wenigen Meter zum Büro. Er betrat die Hütte und sagte „God Morgon!" Womit seine schwedisch Kenntnisse jedoch schon erschöpft waren. Der Mann hinter der Theke im Büro sprach Hagü jedoch in Deutsch an

„Guten Morgen, was kann ich für sie tun?"

„Ich suche eine Frau!"

„Haben sie sich das gut überlegt?" Lachte der Mann hinter dem Tresen.

„Nein, ich suche nach einer bestimmten Frau, die ich gerne sprechen möchte", antwortete Hagü.

„Kennen sie Liv Olsen? Können sie mir sagen, wo ich sie finden kann?"

„Liv hatte viele Jahre einen Nebenjob bei uns und hat sehr oft deutsche Reisegruppen betreut. Aber die ist schon lange nicht mehr hier. Es war vor circa drei

Jahren, da kam sie von jetzt auf gleich, nachdem sie noch eine Schulklasse betreut hatte, legte ihr Mobil-Phone, das sie von uns gestellt bekam, auf den Tresen und hat gesagt sie möchte den Job nicht mehr machen. Seitdem habe ich sie eigentlich nicht mehr gesehen. In der Abmeldung ihrer Arbeitspapiere habe ich gesehen, dass sie wohl zurück nach Malmö gegangen ist."

„Können sie mir ihre Adresse in Malmö nennen?"

„Nein, ich glaube ich habe ihnen ohnehin schon viel zu viel gesagt. Tut mir leid, ich habe keine Lust meinen Job zu verlieren. Ich bin froh, dass ich hier arbeiten darf."

Das musste Hagü so akzeptieren. Er verließ den Bürocontainer und ging Richtung Auto, als ein Mann der auf einem Rasenmäher saß, neben ihm anhielt. Er stellte das Getöse des Mähers ab und krächzte:

„Du willst wissen, wo Liv Olsen lebt?"

„Ja ich suche Liv Olsen und müsste sie in einer dringenden Angelegenheit sprechen."

„Sie müssten sie in einer dringenden Angelegenheit sprechen. Dringende Angelegenheiten sind meistens wichtig."

„Kennen sie die Adresse von Liv Olsen?"

„Wichtige Angelegenheiten sind meistens auch teuer, verstehen sie was ich meine?"

Hagü kramte in seiner Hosentasche, meistens hatte Hagü nur große Scheine in der Tasche stecken und die Rechnung des gestrigen Abendessens hatte er großzügig aufgerundet. Hagü war aber auch klar, dass Typen wie der auf dem Rasenmäher kein Rückgeld in der Tasche haben.

„Hier 100 €, ist das OK für eine Adresse?"

„Was soll ich hier in Schweden mit Euros anfangen?", fragte der Typ. „Da muss ich nach Trelleborg auf die Bank um etwas damit anfangen zu können."

„Hier, ich gebe dir noch einen 100er, dann ist aber gut."

„Liv Olsen wohnt in Malmö in der Hellström Straße 24 dritter Stock. Das ist in der Nähe des Stadions."

Hagü fuhr zurück zu seinem Hotel. Checkte dort aus und begab sich auf den Weg nach Malmö. An der Stadtgrenze angekommen wünschte er sich wieder einmal ein modernes Auto mit Navigationssystem zu haben. So aber erwies sich der Hinweis, dass die Hellström Straße in der Nähe des Stadions sei, als äußerst hilfreich.

Zum Stadion gab es genügend Hinweise.

Als er am Stadion angekommen war fragte er zwei Teenager nach der Hellström Straße und nach noch einmal links und zweimal recht da erkannte er das Straßenschild mit dem Hinweis 'Hellström Straße'

Auf beiden Seiten der Straße standen dreistöckige Häuser mit je zwei Eingängen und jeder Eingang führte zu sechs Mietparteien. Hier war die Nummer 24.

So wie alle anderen Häuser auch machte der Wohnblock einen sehr gepflegten Eindruck und auch die Grünanlagen und Wege um die Häuser herum waren angenehm gepflegt und Bänke luden zum rasten ein. Gegenüber Hausnummer 24 war ein kleines Einkaufs-Zentrum ein italienisches Restaurant und ein Bistro. Noch einmal machte sich Hagü Gedanken, was er denn sagen wolle wenn er Liv Olsen gegenüber stehen würde. So richtig fiel ihm dazu jedoch nichts ein und zudem merkte Hagü wie er immer aufgeregter wurde. Er ging zu Hausnummer 24, neben einem der sechs Klingelknöpfen stand Liv Olsen.

Sollte Hagü hier unten klingeln? Oder sollte er durch die offen stehende Haustüre hinauf gehen in den dritten Stock? Er spürte seinen Puls an der Halsschlagader pulsieren. Auch bekam er Schweißausbrüche. Was soll er nur sagen wenn Liv Olsen jetzt gleich die Tür öffnen wird?

Nun stand er im Flur vor der Eingangstür im dritten Stock. Das Treppenhaus war hell und jeder Eingang war geschmackvoll mit Blumen oder anderen Accessoires geschmückt. Mit zittrigem Finger drückte Hagü auf den Klingelknopf.

Hagü spürte, dass ihn jemand durch den Türspion beobachtete. Dann öffnete sich die Tür einen Spalt, gerade so weit wie es die Sicherungskette zuließ.

„Guten Tag, mein Name ist Hans-Günther Balthasar, sind sie Frau Liv Olsen?"

„Ja, die bin ich, was kann ich für sie tun Herr Balthasar."

„Vor ca. drei Jahren haben sie sich fast 10 Tage lang sehr intensiv mit meiner Tochter unterhalten. Draußen in Trelleborg auf dem Campingplatz."

„Ja, jetzt kann ich mich an den Namen Balthasar erinnern, ihre Tochter hieß Berna, das ist doch so?"

„Ja, Berna ist meine Tochter und die erzählte mir, dass auch sie einmal eine Tochter hatten, die sie bei einer Schiffshavarie verloren haben."

„Darüber möchte ich nicht sprechen, gehen Sie bitte, das ist meine ganz private Sache, das geht sie überhaupt nichts an. Gehen Sie bitte."

Liv schloss die Tür und auf das wiederholte klingeln von Hagü reagierte sie nicht mehr. Hagü ging langsam die Treppe hinunterging über die Straße zu seinem Roadster und suchte sich in der Nähe des Stadions ein Hotel.

Es war später Nachmittag als Hagü in seinem Hotelzimmer saß und überlegte wie es denn jetzt weiter gehen solle. Er verschaffte sich Zugang in den auf dem Zimmer installierten PC und suchte im Internet nach Telefonverzeichnissen in Malmö. Er tippte in das Suchfeld Olsen ein. Dann scrollte er von Anita Olsen aufwärts, Vornamen mit „L". Olsen Liv wohnhaft in der Hellström Straße 24.

Nun hatte er was er suchte. Aufgeregt tippte Hagü die Telefonnummer in sein Mobiltelefon und legte dort einen neuen Kontakt an. Danach legte er sich auf das Bett und drückte auf Anruf. Als das Freizeichen ertönte spürte Hagü wieder seinen Puls an der Hals-schlagader. Das Freizeichen, zweimal, dreimal und

„Hallo"

‚Hallo, spreche ich mit Liv Olsen, Hans-Günther Balthasar hier.'

„Bitte lassen Sie mich in Ruhe, wenn sie nicht auf-hören mich zu belästigen, dann schalte ich die Polizei ein. Das mache ich auch sollten sie hier noch einmal anrufen."

»Tuut, tuut, tuut.«

Aufgelegt stellte Hagü fest. Zudem klang Frau Olsen ziemlich entschlössen, als sie damit drohte die Polizei einzuschalten. Hagü suchte nach einem Ausweg. Es war schon dunkel geworden und er saß alleine in seinem Hotelzimmer und das auch noch ziemlich auf dem Trockenen. Er wählte am Haustelefon die »0« und es meldete sich die Rezeption. Hagü fragte, ob er vielleicht eine gute Flasche Rotwein auf das Zimmer bekommen könne. Zur Antwort bekam er, dass man Rotwein im Haus habe, ob dieser gut sei, dafür wollte sich der Rezeptionist nicht verbürgen und schon gar nicht könne er die Rezeption verlassen und der Wein müsse bar bezahlt werden.

Hagü ging zur Rezeption, der Herr dort reichte ihm die Flasche Wein und Hagüs Kenneraugen erkannten, dass das nach Kopfweh aussah. Er zahlte den Wein und ging zurück auf sein Zimmer. Als er sich von dem Wein einschenkte, dachte er

„in der Not frisst der Teufel Fliegen", aber er erinnerte sich auch an das Sprichwort:

„eine volle Flasche schlechter Wein ist besser als eine leere Flasche guter Wein."

Von wem das Sprichwort stammte, wusste er nicht. Vielleicht war es ihm aber auch gerade nur so eingefallen. Egal wie, nach dem dritten Glas stellte sich der Wein als gar nicht so schlecht heraus. Und was noch bedeutender war, Hagü hatte einen guten Einfall wie er sich Liv Olsen vielleicht doch mitteilen könne. Nach einer recht ruhigen Nacht ging Hagü in den Frühstücksraum des Hotels. Er fragte nach einer Tasse Kaffee, einem Glas Orangensaft und ob man eventuell eine Aspirin für ihn hätte. Als Unterlage für die Aspirin empfahl man ihm einen Croissant zu essen. Dieser Empfehlung folgte er und nach einer weiteren Tasse Kaffee machte sich Hagü zu Fuß auf den Weg in die Hellström Straße.

Gegenüber von Haus Nummer 24 setzte sich Hagü im Bistro an einen Tisch auf dem Bürgersteig. Er bestellte einen Cappuccino und eine große Flasche Wasser und beobachtete den Hauseingang auf der gegenüberliegenden Seite. Es war so gegen halb zwölf als Liv Olsen das Haus verließ. Sie holte aus dem Fahrradschuppen ein Rad und radelte in Richtung Hafen davon.

Hagü wählte die Telefonnummer von Liv Olsen und der erste Teil seines Planes schien zu funktionieren.

„Hallo, sie sprechen mit dem automatischen Anrufbeantworter von Liv Olsen. Ich kann ihren Anruf zurzeit leider nicht persönlich entgegennehmen, wenn sie mir jedoch eine Nachricht hinterlassen wollen dann sprechen sie nach dem Piep Ton."

Piep …

»Hallo Frau Olsen, hier spricht Hans-Günther Balthasar. Bitte hören Sie sich meine Nachricht an bevor sie entscheiden, ob sie meine Mitteilung löschen möchten. Ich weiß eigentlich nicht wie ich anfangen soll, deshalb falle ich vielleicht ein wenig mit der Tür ins Haus. Aber vielleicht geben sie mir doch noch eine Chance für ein persönliches Gespräch. Ich fange einmal so an: Bernas Mutter ist nicht bei ihrer Geburt gestorben. Vielmehr ist Berna meine Adoptivtochter, ich glaubte jedoch noch nicht die richtige Gelegenheit gehabt zu haben ihr das zu sagen. Bevor ich Berna adoptiert habe, da habe ich das Mädchen an einem 5. August vor mittlerweile mehr als zwanzig Jahren in Deutschland am Strand von Giebelwitz hinter einem großen Stein gefunden. Das kleine Mädchen war in

eine Wärmefolie aus einem Erste-Hilfe-Kasten eingewickelt und in drei Rettungswesten verschnürt. Entschuldigen Sie wenn meine Stimme bricht, aber ich
bin jetzt sehr aufgeregt wenn ich ihnen, das auf den
Anrufbeantworter spreche, wie gerne würde ich
mich persönlich mit ihnen darüber unterhalten und
meine Geschichte mit ihrer Geschichte abgleichen.
Bitte denken Sie einmal darüber nach was ich ihnen
hier mitgeteilt habe. Ich würde mich sehr freuen,
wenn sie sich mit mir in Verbindung setzen würden.
Ich werde noch ein paar Tage hier in Schweden bleiben. Aber natürlich können sie mich auch später in
Deutschland erreichen. Meine Telefonnummer lautet
+49 0151 7XXX XXX.«

Hagü bestellte sich noch einen Espresso und ein
kleines Wasser und bevor er das kleine Bistro verlassen konnte sah er Liv Olsen zurück kommen. Sie
stellte einen Einkaufskorb vor dem Haus ab und
brachte ihr Fahrrad in den Schuppen. Als sie im Haus
verschwand, entschied Hagü seinen Beobachtungs-
posten zu verlassen und er schlenderte zurück zum
Hotel.

„Nun wird sie meine Nachricht abhören", sinnierte Hagü.

Er ging in sein Hotelzimmer, legte sich auf das
Bett und hoffte auf einen Rückruf von Liv Olsen.

Als er auf dem Bett aufwachte war es schon fast
18:00 Uhr. Nun hatte er tatsächlich den ganzen Nach-

mittag verschlafen. Ein Blick auf sein Handy bestätigte ihm jedoch, dass er keinen Anruf verpasst hatte. Hagü ging hinunter zur Rezeption wo er mit den Worten empfangen wurde:

„Möchten sie noch eine Flasche Wein?"

„Nein, danke! Können sie mir ein gutes Speiselokal empfehlen?"

„Ich kann ihnen ein Speiselokal empfehlen, ob es gut ist? Dafür möchte ich mich nicht verbürgen. Mögen sie Fisch?"

„Ja, da hätte ich Lust drauf."

„Unten am Hafen da gibt es das Madaro, da können sie bei dem Wetter auch draußen sitzen, quasi direkt im Jachthafen."

„Wie komme ich dort hin?"

„Sie können mit Ihrem Roadster fahren. Die Straße 15 Minuten eigentlich immer gerade aus. Dann stoßen sie auf einen großen Parkplatz. Gegenüber ist das Hafenbecken und dann sehen sie auch das Madaro. Ist aber nicht so billig."

„Vielen Dank für den Tipp klingt besser als der Wein den sie mir gestern verkauft haben", lachte Hagü, ging zu seinem Morgan und folgte den Schildern in Richtung Hafen.

Keine 14 Minute später stand er auf dem vorhergesagten Parkplatz und konnte bequem einen Platz für den Roadster finden.

Gerade als Hagü aus dem Auto ausstieg vibrierte sein Handy in der Hosentasche. Er schaute auf das Display und las

»Liv Olsen«.

Sofort spürte er seinen Puls und merkte wie sein Herzschlag Tempo aufnahm. Er drückte das grüne Telefon Symbol und sagte in seiner Aufregung:

„Hagü hier."

„Hallo, hier ist Liv Olsen, spreche ich mit Herrn Balthasar?"

„Ja, Balthasar hier. Haben sie meine Nachricht abgehört?"

„Herr Balthasar, ist das wirklich wahr, was sie mir auf den Anrufbeantworter gesprochen haben? Das haben Sie nicht aus den Erzählungen Ihrer Tochter zusammen gesponnen? Dass was sie da erzählen, das ist so unglaublich. Ich kann das einfach nicht glauben. Bitte sagen Sie mir, dass sie mich nicht täuschen wollen."

„Frau Olsen, ich bin am Hafen und wollte gerade etwas essen gehen. Ich kann in 15 Minuten bei ihnen sein."

„Mir wäre es lieber wenn wir uns am Hafen treffen könnten."

„Soll ich sie mit dem Auto abholen?"

„Nein, Danke! Ich komme mit dem Rad und bin in einer halben Stunde am Hafen. Wo treffen wir uns?"

„Ich warte auf der Terrasse im Madaro auf sie."

„Das ist aber teuer."

„Machen sie sich deswegen bitte keine Gedanken."

Hagü erlebte nun die längste halbe Stunde seines Lebens, aber nach ziemlich genau einer halben Stunde, betrat Liv Olsen die Restaurant Terrasse. Hagü stand auf und ging ihr entgegen.

„Hallo Frau Olsen, schön, dass sie sich die Zeit für mich nehmen. Schauen sie da vorne habe ich ein ruhiges Plätzchen für uns ergattern können. Darf ich ihnen eine Glas Wein einschenken oder hätten sie nach der Radtour lieber erst einmal ein Glas Wasser?"

„Ich nehme zunächst lieber ein Glas Wasser Herr Balthasar."

„Bitte sagen sie Hagü zu mir, alle nennen mich so."

„Ich bin Liv. Ich kann immer noch nicht glauben was du mir da auf den Anrufbeantworter gesprochen hast. Und warum kommst du jetzt, drei Jahre nachdem ich Berni meine Geschichte erzählt habe?"

„Ich habe erst vor wenigen Tagen von deiner Geschichte erfahren. Es war am letzten Samstag als mich Berna besuchte und bei einem Strandspaziergang zunächst erzählte, dass sie sich verlobt hat und im nächsten Mai heiraten möchte, danach erzählte sie mir von den Urlaubsplänen der Beiden und dass sie in den nächsten fünf Wochen nicht zu mir kommen könne. Dann saßen wir auf dem großen Stein, wo ich auch Berna einst gefunden hatte und sie stellte mir die Frage, ob ich mir vorstellen könne, dass ein kleines Kind von der Ostsee am Strand angeschwemmt werden könnte. Ich war zu Tode erschrocken ob der Frage und habe Berna gefragt wie sie denn darauf käme. Dann hat sie mir von dir erzählt, dass sie dich während der Schulfreizeit getroffen hat und dass du und Berna eine große Zuneigung zueinander hatten. Danach erzählte sie mir deine Geschichte, die das Blut in meinen Adern erstarren ließ. Nach einer schlaflosen Nacht habe ich mich direkt auf den Weg nach Schweden gemacht, um dich zu suchen. Und nun bin ich hier. Aber warum hast du dich nie mehr bei Berna gemeldet? Du wusstest doch, dass sie dich nicht mehr erreichen konnte."

„Hagü, das Mädchen auf dem Campingplatz hat mich so sehr an meine Berni erinnert. All die schrecklichen Ereignisse waren auf einmal wieder präsent. Das konnte ich nicht ertragen und ich habe mich entschieden wieder vergessen zu wollen. Zumal Berna nicht meine Berni sein konnte, Berna erzählte mir ja, dass ihre Mutter bei der Geburt gestorben war. Aber was du jetzt erzählst, das ist eine ganz neue Situation. Du hast das Mädchen gefunden, einen Tag nach unserer Havarie. Du hast das Mädchen genau so gefunden wie ich meine Berni eingepackt hatte, das passt alles so zusammen. Das macht einfach so viel Hoffnung."

„Warum sprichst du ständig von Berni, meine Tochter heißt Berna."

„Meine Tochter heißt Berni, Bernhilde Olsen, so wie meine Mutter."

„So wie deine Mutter, trug deine Tochter nicht den Namen deines Mannes?"

„Michel und ich, wir waren ein Paar und Berni war unsere gemeinsame Tochter. Aber wir hatten keinen Trauschein."

„Entschuldigung die Herrschaften, wenn sie noch etwas Essen wollen, dann müssten sie jetzt bestellen. Die Küche schließt nun bald."

„Machen sie uns eine Fischplatte für zwei Personen und servieren sie uns eine Gemüseplatte dazu. Und noch eine große Flasche Wasser bitte", erwiderte Hagü dem Kellner.

Liv fragte:

„Hagü, und wie soll es jetzt weiter gehen?"

„Ich habe mich mit einem Gentechnologischen Institut hier in Malmö in Verbindung gesetzt, die würden deine Zustimmung vorausgesetzt einen Mutterschaftstest durchführen und könnten mit sehr, sehr hoher Wahrscheinlichkeit feststellen ob Berna deine Tochter ist."

„Aber dafür benötigen wir doch auch eine genetische Typisierung von Berna, sagtest du nicht sie sei in Urlaub."

„Ja, Berna ist noch einen Monat lang in den USA, aber ich habe eine Haar- und eine Zahnbürste von ihr eingepackt, das genügt. Nun müsstest nur du noch eine Haar oder Speichelprobe im Institut abgeben und dann hätten wir bald Sicherheit ob sich unsere Hoffnungen erfüllen."

Während dem Essen kamen Liv noch einmal Zweifel ob sie wirklich Hagü zu dem Gentechnologischen Institut begleiten wolle. Sie hatte einfach zu große Angst in ihrer Hoffnung enttäuscht zu werden. Hagü konnte Liv jedoch überzeugen, dass sie immer in einer großen Ungewissheit leben würde, sollte sie auf den Gentest verzichten. Aber er machte ihr auch keinen Druck und sagte Liv, sie solle einfach noch eine Nacht darüber schlafen und am nächsten Morgen entscheiden. Nach dem Essen haben Liv und Hagü noch eine zeit lang auf der Terrasse des Madaro verbracht und über das Für und Wider ihres Planes diskutiert. Dann wurde es im Jachthafen jedoch frisch und man ist zum Parkplatz aufgebrochen. Hagü konnte Liv überreden ihr Fahrrad stehen zu lassen und er hat Liv im Morgan nach Hause gefahren. Er begleitete Liv zur Haustüre wo er sie umarmte und sagte:

„Ich rufe dich morgen Früh an und dann entscheiden wir ob wir den Test machen lassen. Vielen Dank, dass du mit mir den Abend verbracht hast und vielen Dank dafür, dass du mit mir über unser ganz offensichtlich gemeinsames Schicksal gesprochen hast. Bis morgen. Gute Nacht!"

„Gute Nacht, Hagü. Vielen Dank, dass du mich gesucht und gefunden hast. Schlaf gut."

Hagü konnte in dieser Nacht aber kaum schlafen und auch Liv ging es nicht besser. Die ganze Nacht lag sie wach und hat darüber gegrübelt, dass ihre Berni wohl ganz offensichtlich die schlimme Sturmnacht einst im August überlebt hat. Dann machte sie sich wieder Gedanken, wie sie es wohl aufnehmen würde, wenn der Test ergeben sollte, dass alles Hoffen wieder nur ein Gehirngespinst gewesen sein sollte. Sie würde daran zerbrechen, darüber war sie sich sicher. Auf der anderen Seite, könne sie aber nicht in der Ungewissheit leben, dass Berni vielleicht doch leben würde und sie ihre liebe Tochter niemals mehr im Arm halten würde.

Liv war froh als endlich die Sonne aufging und schon um sieben Uhr klingelte das Telefon. „Hallo!"

„Hallo Liv, guten Morgen, Hagü hier, hast du gut geschlafen?"

„Guten Morgen Hagü, ich habe kein Auge zugemacht, bitte komm vorbei und lass uns in das Institut fahren."

Keine zehn Minuten später klingelte Hagü in der Hellström Straße 24 im dritten Stock. Liv wartete schon und lief Hagü die Treppe hinunter entgegen wo man sich kurz umarmte und keine weiteren fünfzehn Minuten später saßen die Zwei in einem sehr sterilen Warteraum im Gentechnologischen Institut in Malmö.

„Frau Olsen, bitte gehen sie in Kabine Nummer 3."

Liv ging in die Kabine, die vergleichbar mit einer Schwimmbadumkleide war. Etwas größer vielleicht mit einer Tür auf jeder Seite. Eine Assistentin im weißen Kittel kam zu Liv in die Umkleide.

„Bitte unterschreiben sie die Einverständniserklärung und die Erläuterungen für den Datenschutz. Darf ich ihnen eine Haarlocke anschneiden, bitte öffnen sie den Mund. Danke das war es. Sie bekommen ein Schreiben in den nächsten Tagen mit einem Termin an dem sie in einem Gespräch das Ergebnis mitgeteilt bekommen. Auf Wiedersehen."

Und schon war Liv wieder alleine in der Kabine. Sie ging zurück zu Hagü und meinte, dass das alles sehr unpersönlich gewesen wäre. Und Hagü tröstete Liv damit, dass die Leute hier halt einfach einen Job machen ohne die emotionale Betroffenheit die Liv und er hätten. Hagü fuhr Liv anschließend zum Jachthafen wo sie ihr Fahrrad holen wollte, um nach Hause zu radeln.

Hagü ging auf die Terrasse im Madaro um ein kleines Frühstück zu sich zu nehmen. Die Auswertung des Gentestes sollte nur wenige Tage dauern und Hagü hatte sich entschlossen so lange in Schweden zu bleiben. Er rief Camillo an, um ihm zu sagen, dass er nun doch noch ein paar Tage länger bleiben würde.

„Vielen dank, dass du Bescheid sagst. Den Hühnern geht es gut. Ich frage mich nur was ich mit den ganzen Eiern machen soll?"

„Camillo sorry, das habe ich vergessen dir zu sagen. Ich verteile die Eier immer an die Kletts, Martha, Peppone und du bekommst ja auch immer welche ab."

„Dann werde ich gleich nach unserem Anruf rüber zu Janosch und Lia gehen und eine Palette Eier abladen, die warten wahrscheinlich schon. Aber sag mir doch bitte einmal was du so lange und wichtiges in Schweden zu tun hast?"

„Camillo, du wirst es nicht glauben und bitte sage keinem, wirklich keinem was ich dir jetzt sage. Ich habe mit sehr großer Wahrscheinlichkeit Bernas Mutter gefunden. Wir warten nun noch den Mutterschaftstest ab."

„Wie hast du sie gefunden, das klingt ja sehr abenteuerlich was du da erzählst."

„Die ganze Geschichte erzähle ich dir wenn ich zurück bin, nur soviel. Liv, so heißt Bernas Mutter hatte damals eine Havarie mit einem Segelboot und sie ist mit der Kleinen und Ihrem Mann über Bord gegangen."

„Dann hattest du immer recht in deinem Glauben, dass Berna über die Ostsee angeschwemmt wurde?"

„Ja Camillo, danach sieht es im Moment aus. Aber noch einmal. Bitte behalte das für dich bis ich wieder zurück bin. Dann erzähle ich euch die ganze Geschichte."

Hagü schaute sich in den nächsten Tagen die nähere Umgebung um Malmö an. Wenn Liv frei hatte, dann zeigte sie ihm die Stadt und Abends sind sie gemeinsam zum Abend essen gegangen. Am vierten Tag vibrierte Hagüs Mobile in seiner Hosentasche. Das Display verriet ihm Liv am anderen Ende.

„Hallo Liv, was gibt es?"

„Hagü ich habe einen Brief vom Institut bekommen. Ich habe mich dort gemeldet und einen Termin für heute Nachmittag um 16:00 Uhr bekommen. Würdest du mich bitte begleiten?"

Am Nachmittag saßen Hagü und Liv wieder in dem sterilen Wartezimmer des Institutes. Liv musste ihr Einverständnis erklären, dass Hagü dem Gespräch beiwohnen durfte. Dann kam eine der Assistentinnen und bat Liv und Hagü in das Büro von Herrn Dr. Andreas Anderson. Herr Dr. Anderson kam nach einer kurzen Begrüßung schnell zur Sache.

„Die gentechnische Untersuchung des Genmaterials von Frau Bernadette Balthasar und Liv Olsen hat ergeben, dass zwischen den beiden genannten Personen zu 99,8 Prozent ein Kind/Mutter Verhältnis besteht. Frau Olsen, dass Bernadette Balthasar nicht ihre Tochter ist, das kann nach diesem Ergebnis absolut ausgeschlossen werden."

Liv begann laut zu weinen und als Hagü Liv in den Arm nahm, da liefen auch ihm dicke Tränen die Wangen hinunter. Dr. Anderson entschuldigte und verabschiedete sich und lies Liv und Hagü alleine in dem kleinen Büro zurück.

„Ich habe immer gespürt, dass meine kleine Berni noch lebt", schluckste Liv. Auch vor drei Jahren auf dem Campingplatz habe ich gespürt, dass zwischen Berni und mir, eine ganz enge Beziehung bestand."

Und Hagü ergänzte, dass auch Berna diese enge Verbundenheit gespürt haben muss. Vom Institute aus, suchte man sich einen ruhigen Platz in einem Park in Malmö, wo Liv und Hagü das weitere Vorgehen abgestimmt haben und am Morgen des darauffolgenden Tages hat sich Hagü bei Liv bis zu einem baldigen Wiedersehen verabschiedet. Er fuhr nach Trelleborg zur Fähre, von dort nach Rostock und er war pünktlich zum Nachmittagskaffee in Camillos Kneipe.

Dort warteten gemeinsam mit Camillo auch Martha und Peppone die alle gespannt auf Hagüs Geschichte waren. Soviel zur Verschwiegenheit eines evangelischen Pfarrers.

Es war schon früher Abend bis die ganze Geschichte erzählt war und Hagü die Freunde noch einmal eindringlich darauf einschwor, diese Geschichte bitte für sich zu behalten, bis er Berna ganz alleine und in einem persönlichen Gespräch die Wahrheit über ihre Herkunft erzählt haben würde.

Großes Ehrenwort schworen alle drei. Und Hagü wusste, dass er sich auf das Wort von Martha, Peppone und Camillo verlassen konnte.

Nicht nur an diesem Abend saß Hagü nun sehr lange und nachdenklich in seinem Ohrensessel. Es waren immerhin noch fast zwei Wochen bis Berna von Kalifornien zurück sein würde. Hagüs Weinvorräte schrumpften in dieser Zeit merklich aber je näher der Tag des Wiedersehens mit Berna kam, umso mehr bekam Hagü auch Angst vor der Situation in der er Berna die ganze Wahrheit erzählen würde. Er saß aufgeregt in der Wohnküche als er den VW Beatle auf dem letzten Stück Asphalt vor der Düne zum Halten kommen sah. Berna sprang offensichtlich super gelaunt aus dem Auto und hüpfte durch den Garten zu Fischer Hansens Haus.

„HagüPa, mein lieber HagüPa. Ich bin wieder hier, es war wunderschön und ich glaube ich bin nun noch mehr in Giuseppe verliebt als je zuvor. Wo bist du denn, lass dich doch einmal drücken mein lieber Papa."

„Hier bin ich in der Wohnküche meine Liebe."

„Was ist mit dir HagüPa, freust du dich nicht, mich wieder zu sehen?"

„Natürlich freue ich mich, komm lass dich einmal fest drücken."

„Aber warum weinst du denn HagüPa? War es so schlimm, dass ich ein paar Wochen nicht hier war?

Ach komm, hör auf zu weinen, jetzt bin ich doch wieder bei dir mein lieber HagüPa."

Hagü rang um Fassung und er war froh als er diese wieder zurückgewann. Er brühte sich und Berna einen Pott Kaffee und sie setzten sich auf die Veranda.

„Hagü, ich bin auch froh wieder bei dir zu sein, auch ich habe dich in den fünf Wochen immer wieder vermisst. Mich hat dann mein Giuseppe trösten können und du warst hier die ganze Zeit alleine."

Hagü stand auf und drückte seine Berna fest an sich und konnte es nicht zurückhalten wieder zu weinen zu beginnen.

„HagüPa, was ist denn los, was rührt dich denn so? HagüPa du bist süß, wenn du weinst. Komm lass und ein Stück an der Ostsee spazieren gehen."

Das wollte Hagü ebenfalls vorschlagen und er war froh, dass ihm Berna mit diesem Vorschlag nun zuvor kam. Die Zwei liefen am Gestade der Ostsee. Hagü hatte seinen Arm auf Bernas Schulter gelegt und Berna ihren Arm um Hagüs Hüfte. Sie erzählte ihm von San Francisco, von Santa Monica, davon dass sie eine ganze Wal-Herde gesehen hätte und sie schwärmte von ihrem geliebten Giuseppe und wie er sie auf Händen tragen würde. Schnell war durch die kurzweiligen Erzählungen der große Stein erreicht und Hagü und Berna saßen auf dem Stein so wie vor fünf Wochen kurz vor Bernas USA Urlaub. Wieder genoss man die Ruhe an der See, das Rauschen der

Wellen und das Geschrei der Möwen. Berna und Hagü genossen für einen Moment die Stille und die Nähe zueinander als dieses Mal Hagü das Schweigen brach und sagte:

„Berna, meine Kleine. Ich muss dir heute etwas erzählen. Eine Geschichte über dich und mich und eine Geschichte über Lüge und Wahrheit."

„HagüPa du machst mir Angst."

„Berna, du musst keine Angst haben, höre mir zu was ich dir zu erzählen habe.

»Die große Liebe meines Lebens habe ich in Emden auf dem Gymnasium getroffen. Isolde war so schön und eine so tolle Frau, dass wir noch als Studenten geheiratet haben und wir bauten uns eine gute Existenz auf, bis wir fast vierzig Jahre alt waren. Dann wurde uns ein großer Wunsch erfüllt und Isolde wurde schwanger. Als dann unsere Tochter geboren werden sollte nahm mir das Schicksal meine geliebte Isolde und sie starb bei der Geburt unserer Tochter. Ich bin dann von Hamburg weggegangen und habe hier in Giebelwitz ein neues Zuhause und gute Freunde getroffen. Als du dann sieben Jahre alt warst, da hast du mich nach deiner Mama gefragt und ich habe dir erzählt, dass Isolde deine Mama ist. Ich war damals einfach der Meinung, dass du mit sieben Jahren noch zu jung warst für die Wahrheit. Aber die Wahrheit ist, dass die kleine Tochter, die ich mit Isolde erwartet hatte, bei der Geburt ebenfalls gestorben war.«

Hagü liefen nun wieder Tränen über das Gesicht und er begann wieder zu weinen. Berna nahm Hagü in den Arm und fragte:

„HagüPa, aber wenn Isoldes und deine Tochter bei der Geburt ebenfalls gestorben ist! Wer bin dann ich?"

»Berna, ich war am 5. August, nach einem fürchterlichen Gewitter auf der Ostsee hier am Strand und glaubte bei der damaligen Wettersituation Bernsteine zu finden. Die Ausbeute war jedoch sehr gering und ich wollte schon umdrehen, um nach Hause zu spazieren als ich hier am Stein ein Bündel Plastik liegen sah. Ich entschied mich bis zum Stein weiter zu laufen, um das Plastikbündel weiter nach hinten zu werfen, als ich hier am Stein angekommen war, da habe ich gesehen, dass es ein Bündel mehrerer Rettungswesten war in deren innerem eine Wärmedecke aus einem Erste-Hilfe-Kasten steckte. Als ich das Bündel nach hinten werfen wollte sah ich im Rückschwung, dass ein kleiner Arm aus dem Bündel herausragte. Ich band das Bündel auf und darin habe ich dich meine liebe Berna, mein Glück gefunden.«

In diesem Moment brach Hagüs Stimme und seine Emotionen übermannten ihn. Berna schaute mindestens genauso erschrocken, wie Hagü vor fünf Wochen schaute als Berna die Frage stellte, ob es möglich sei, dass ein Kind über die Ostsee angeschwemmt werden könne.

„Aber Hagü, das ist doch dann genau so wie es mir Liv Olsen damals in Trelleborg aus ihrer Sicht erzählt hat."

„Ja Berna, Liv hatte die Havarie auf der Ostsee am 4. und ich habe dich am 5. August gefunden."

„Hagü, aber dann müssen wir nach Schweden und Liv suchen, sie glaubt ihre Tochter sei Tod. Hagü heißt das, dass ich damals in den 10 Tagen in Trelleborg meine Mutter getroffen habe?"

„Während deinem Urlaub in den USA war ich in Schweden und habe Liv Olsen gesucht", sagte Hagü, als die beiden schon wieder auf dem Weg zurück zu Fischer Hansens Haus waren.

»Liv Olsen hatte ihren Job am Campingplatz aber aufgegeben und ihr Handy dort abgegeben. Eigentlich wollte sie damit die Telefonnummer loswerden die sie dir gab. Sie konnte ja nicht wissen, dass du ihre Tochter sein könntest. Aber du hast sie trotzdem zu sehr an die Sturmnacht erinnert und sie wollte wieder vergessen. Ich habe sie dann in Malmö gefunden. Nach anfänglichen Schwierigkeiten hat sie sich dann meine Geschichte angehört und einem Gentest zugestimmt. Berna, Liv Olsen, das ist deine Mutter, daran gibt es keinen Zweifel mehr.«

Berna blieb stehen und umarmte Hagü. Nun standen sie eng umschlungen am Gestade der Ostsee und haben beide hemmungslos geweint. Hagü stammelte:

„Verzeihe mir bitte Berna."

„Aber HagüPa, was soll ich dir verzeihen? Du warst mir immer ein so guter Papa gewesen und jetzt hast du auch noch meine Mama gefunden. Was soll ich dir verzeihen?"

Nach einer kurzen Weile hatte Berna ihre Emotion wieder unter Kontrolle.

„HagüPa, du musst mir Liv Olsens Adresse geben. Ich muss unbedingt nach Schweden, ich muss sie sehen, ich muss meine Mama in den Arm nehmen so bald wie möglich."

Hagü antwortete darauf, dass Liv Olsen heute die Fähre von Trelleborg nach Rostock genommen hätte und Peppone sie dort am Fähranleger abgeholt habe. Er sagte:

„Liv müsste jetzt eigentlich schon bei uns in Fischer Hansens Haus in der Stube sitzen",

da gab es für Berna kein halten mehr. Sie rannte ohne Rücksicht auf Hagü los der in normalem Schritttempo laufend, Berna immer weiter fort laufen sah. Außer Atem lief sie über die Düne und rief schon dort laut "Mama, Liv, Mama!" Liv kam aus dem Haus und die zwei Frauen standen eng umschlungen und weinend auf der Veranda. Selbst als Hagü lange nach Berna wieder an Fischer Hansens Haus angekommen war, standen die zwei dort noch eng umschlungen und konnten gar nicht voneinander lassen. Hagü ging zu Camillo in die Kneipe um Mutter und Tochter die Gelegenheit zu geben alleine zu sein.

Liv richtete sich in Bernas Zimmer ein, die zwei brühten sich einen Kaffee in der Wohnküche, sie erzählten viel und mussten sich immer wieder berühren und umarmen. Als Hagü von Camillo zurück kam, wo er bei Kaffee und von Martha gebackenem Kuchen, von seinem emotionalen Strandspaziergang erzählte, da hatten Berna und Liv ein kleines Abendbrot gerichtet. Nachdem man zusammen gegessen hatte, verabschiedete sich Berna um nach Stralsund zu fahren, wo sie Giuseppe die Ereignisse dieses Tages mitteilen wollte. Im Rückspiegel sah Berna Liv und Hagü, wie sie auf dem letzten Stück Asphalt vor der Düne standen und Berna zum Abschied winkten.

Seit langer Zeit musste Hagü in seiner Stube einmal wieder eine Flasche Rotwein teilen. Liv und er erzählten lange und beim letzten Tropfen Wein erinnerte sich Hagü, dass er die Deutschen Sperber noch gar nicht eingesperrt hatte. Er zählte das Federvieh durch und tatsächlich haben sich die Hühner mit ihrem Hahn von ganz alleine im Stall auf der Stange aufgereiht. Er verschloss den Stall und ging zurück in das Haus.

Er sah durch den Türschlitz Licht im Duschbad, klopfte an die Tür und rief:

„Gute Nacht Liv, schlaf gut"

„Danke Hagü, auch du schlaf süß."

Nach einer ausgiebigen Dusche lag Hagü in seinem Bett jedoch konnte er nicht einschlafen. Ob es daran lag, dass ihm eine halbe Flasche einfach nicht die nötige Bettschwere gab, oder ob es der ereignisreiche Tag gewesen ist? Es ist müßig zu hinterfragen. Er konnte einfach nicht einschlafen. Es muss dann schon mitten in der Nacht, so zwischen zwei und drei Uhr gewesen sein. Draußen auf dem Meer zog ein Sturm auf und die Blitze erleuchteten den Nachthimmel fast taghell. Hagü zählte nach jedem Blitz die Sekunden und das mit lautem Krachen begleitete Donnergrollen kam ganz offensichtlich näher. Es war wirklich ein Gewittersturm wie er nicht häufig vorkam und nach einem weiteren infernalischen Donnerschlag vernahm er:

„Hagü ich habe solche Angst"

und Liv stand im Türrahmen zu Hagüs Schlafzimmer.

„Komm zu mir unter die Decke ich beschütze dich."

Und im nächsten Augenblick schlüpfte Liv unter Hagüs Bettdecke.

Als sie dort merkte, dass Hagü im Bett lag, so wie Gott ihn schuf, da streifte Liv sich ihr ohnehin sehr dünnes Negligé ab und seit vielen, vielen Jahren spürten Liv und Hagü das wohltuende Gefühl wenn sich zwei Menschen liebevoll berühren. Liv rückte ganz eng zu Hagü der seine Arme um Liv legte und die Beiden begannen sich leidenschaftlich zu küssen.

Sie genossen diese nun schon so lange vermissten aber noch immer vertrauten Gefühle. Vergessen waren Blitz und Donner und stattdessen zog ein schon fast vergessenes Liebesgewitter über die Beiden hinweg. Liv und Hagü spürten in diesem Moment, dass Amor voll in das Schwarze getroffen hatte und die beiden spürten das schon fast vergessene Gefühl des verliebt seins. Und erst als die Amsel ihr Lied sang um den Morgen zu begrüßen, da schliefen Hagü und Liv eng umschlungen ein. So zufrieden wie schon lange nicht mehr und wohl wissend, dass nun für sie noch einmal ein neuer Lebensabschnitt beginnen sollte.

Als sie am späten Nachmittag in der Wohnküche einen frisch gebrühten Kaffee tranken und dazu Butterbrote dick mit Sanddorn-Marmelade bestrichen aßen, da benahmen sich die zwei wie frisch verliebte Teenager. Die Schmetterlingsschwärme in ihren Bäuchen vermittelten Gefühle von Jugend, von Freiheit, von Glück, von Verliebtheit und Lebensfreude. Gefühle wie sie Liv und Hagü schon viele Jahre nicht mehr in dieser Intensität gespürt hatten. Gefühle, die nicht wieder aufhören sollten.

Nach dem Frühstück sind die zwei zum Strand gegangen, wo sie eng umschlungen am Gestade in Richtung zu dem großen am Strand liegenden Stein gelaufen sind. Dort angekommen erzählte Hagü noch einmal in kleinsten Details wie und wo er Berna einst gefunden hatte. Auf dem Rückweg, immer wieder von Pausen unterbrochen in denen sich Liv und

Hagü umarmten und küssten, erzählte Hagü davon wie er Berna in Pflege bekam, sie adoptierte, wie er die Kinder im Tigerenten Bus zur Schule und später zum Gymnasium brachte und, und, und.

Als sie dann wieder auf der Düne standen haben sich Liv und Hagü noch einmal fest umarmt. Auf der einen Seite schauten sie über den breiten Strand und weit hinaus auf die Ostsee. Auf der anderen Seite Fischer Hansens Haus, ein Schmuckstück in Weiß und Blau und gekrönt von diesem wunderschönen Reetdach. Der gepflegte Garten, in dem die sieben Deutschen Sperber Hennen scharrten, bewacht von ihrem stolzen Hahn. Hagü flüsterte Liv ins Ohr:

„Niemals hätte ich geglaubt, dass ich mich noch einmal so sehr verlieben könnte. Liv, willst du nicht hier bei mir bleiben. Hier in Giebelwitz in Fischer Hansens Haus wo uns unsere liebe Tochter Berna besuchen kann. Ich verspreche dir, dass ich dich bis an mein Lebensende auf Händen tragen werde."

Liv seufzte: „Ach Hagü, ich muss dir etwas gestehen. Ich habe mich vor einiger Zeit in Schweden drüben in einen Mann verliebt."

Bevor Liv fortfahren konnte, verfinsterte sich Hagüs Mine deutlich.

„Ich habe mich in Malmö in einen Mann aus Deutschland verliebt, der in Giebelwitz wohnt und Hagü heißt."

Wieder nahmen sich die zwei Verliebten in den Arm und lachten laut und weinten vor Glück und halb lachend und halb weinend hauchte Liv:

„Du glaubst gar nicht wie sehr ich mir wünsche bei dir bleiben zu dürfen. Noch nie in meinem Leben war ich so glücklich wie heute."

In den folgenden Wochen waren Liv und Hagü noch zweimal in Malmö um die dortige Wohnung von Liv aufzulösen. Ihre privatesten Dinge passten in einen Umzugskarton der nun neben Hagüs Kartons aus der Blankeneser Villa, in der kleinen Kammer unter dem Reetdach steht. Hagü genießt seit dem die Zweisamkeit in der Stube und Livs Ohrensessel passt wunderschön zu Hagüs altem Ohrensessel und nicht selten schlafen nun zwei in ihren Ohrensesseln bis die Amsel den neuen Tag begrüßt.

Auch Liv genießt die Zweisamkeit in Fischer Hansens Haus, aber bestimmt genauso sehr genießt es Liv gemeinsam mit Berna zusammen zu sein. Gleich, ob man sich in Fischer Hansens Haus in Giebelwitz trifft und gemeinsam backt, ob man am Strand zusammen spazieren geht oder in Stralsund und Rostock shoppen geht.

Und gerade das machten die Zwei nun sehr oft, denn die Hochzeit von Berna und Giuseppe kam nun immer näher. Die Spende, die Peppone in diesem Jahr in der ersten Januar Woche auf dem Gemeindekonto von Giebelwitz vereinnahmte war bestimmt zur Renovierung der Kapelle und des Dorfgemeinschaftshauses. Das Dach der Kapelle wurde neu gedeckt, von außen wurde das Backsteingebäude gereinigt und auch das Interieur wurde nach vielen Jahren restauriert. Die Kapelle wurde ein Schmuckstück und als das Geld knapp wurde um das Dorfgemeinschaftshaus in das gesamte Bild von Kapelle und Dorfplatz zu integrieren da hat Peppone auf dem Kontoauszug des Gemeindekontos einen weiteren Geldeingang in sechsstelliger Höhe feststellen können.

Die Hochzeit war für den 27. Mai geplant. Auf dem Dorfplatz rund um die Eiche war eine große Bühne aufgebaut, um einer Big Band platz zu bieten. Auch die italienischen Tenöre sollten von dort Giebelwitz eine italienische Nacht bescheren. Daneben war ein großes Zelt für den Caterer aufgebaut, ein kleines Karussell für die Kinder und ein Eiswagen. Überall luden Lounge Möbel mit dicken Kissen und wärmenden Decken zum Hinsetzen ein. Und so wie es Hagü einst Berna versprochen hatte, konnte man den Dorfplatz von Giebelwitz nicht wieder erkennen und eine Party wie sie die Welt noch nicht gesehen hatte deutete sich an.

Nachdem nun alles für die Hochzeit vorbereitet war, waren schon am Vorabend Braut und Bräutigam und die meisten Gäste bereits in Giebelwitz in den Gästezimmern und Ferienwohnungen der Giebelwitzer Häuser untergebracht.

Berna und Giuseppe schliefen in Fischer Hansens Haus in Bernas Zimmer. So konnten Liv, Hagü, Berna und Giuseppe den Vorabend zur Hochzeit gemeinsam in der Stube in Fischer Hansens Haus verbringen. Obwohl der Wetterbericht überhaupt keinen Anlass zur Sorge gab, so machte Berna doch die Bemerkung

„Hoffentlich regnet es Morgen nicht."

Mach dir keine Sorgen sagte Hagü, als ich noch ein sehr junger Mann war, da habe ich auf der Ostsee beim Dorsch fischen einmal einen Mann getroffen. Der war aus der Frankfurter Gegend und hieß Helmut Christ, wenn ich mich richtig erinnere. Der sagte mir folgendes:

„Dem Guten regnet es in das Grab, dem bösen auf den Hochzeitstag!"

Also besteht für Morgen überhaupt keine Gefahr. Und so war es. Die Amsel begrüßte mit ihrem Gesang einen herrlichen Sonnentag und von ganz früh bis spät in die Nacht sah man über Giebelwitz nicht den Hauch einer Wolke. Berna ging nach dem Frühstück zu Martha in die Ferienwohnung wo Giuseppes Mutter und Liv die Braut schmückten.

Hagü und Giuseppe machten sich in Fischer Hansens Haus chic.

Ganz Giebelwitz war auf den Beinen und neben den Bürgern von Giebelwitz sollten noch 180 weitere

Personen als Gäste nach Giebelwitz kommen. Traurig war Hagü nur darüber, dass Gerda Hansen nicht aus Lucca anreisen wollte. Sie entschuldigte sich damit, dass sie die Pension nun Ende Mai nicht alleine lassen dürfe. Aber sie wolle, dass Liv und Hagü nach der Hochzeit ein paar Tage in die Toscana zu ihr kommen sollen, damit man sich die Bilder zur Hochzeit gemeinsam anschauen könne.

Dann begannen die Glocken der Kapelle zu läuten. So schön wie heute hatte Hagü den Klang der Kapellenglocke noch nie wahr genommen.

Hagü begleitete Giuseppe zur Kapelle wo Antonio und Emma Facinelli, Giuseppes Eltern, bereits warteten. Antonio und Emma begleiteten ihren Sohn in die Kapelle, setzten sich in die vordere Reihe und Giuseppe wartete am Altar auf seine Braut. Die Kapelle war bis auf den letzten Platz gefüllt, viele mussten stehen und einige mussten sogar außerhalb der Kapelle bleiben, wo auch Hagü auf Berna wartete. Dann kam Berna, begleitet von zwei Freundinnen von Marthas Haus die Dorfstraße in Richtung Kapelle gelaufen. Hagü liefen beim Anblick seiner Berna dicke Tränen über die Wangen. Noch nie zuvor hatte Hagü eine so schöne Braut gesehen, da war er sich hundertprozentig sicher.

Als Berna bei Hagü angelangt war, strich diese ihm die Tränen aus dem Gesicht und hauchte einen Kuss auf Hagüs Wange.

„Berna, meine kleine Berna, du bist wunderschön. Du bist die schönste Braut, die ich je gesehen habe."

„HagüPa und du bist der beste Papa, den man haben kann. Führst du mich nun zum Altar? Giuseppe und die Gäste warten schon."

„Ja gerne Berna, aber wo ist Liv?"

„Liv wird gleich kommen, auf keinem Fall wird sie die Trauung verpassen, das musst du mir glauben mein HagüPa."

Die Streicher-Gruppe, die in der Kapelle auf der Empore Platz gefunden hatte stimmte Bernas Hochzeitsmarsch an und es erklang von Antonio Vivaldi

„Der Frühling"

und Berna hackte sich in Hagüs Arm damit er seine Berna zu Giuseppe führen konnte, der vor dem Altar auf seine Braut wartete und beim Anblick von Berna nun auch ganz feuchte Augen bekam. Was Hagü in diesem Moment nicht bemerkte, das war, dass Peppone hinter ihm eine weitere Braut durch die Kapelle führte. Als sich Hagü, nachdem er Giuseppe seine Tochter übergeben hatte, nach hinten umdrehte, da stand Peppone, den er ohne Motorrad Kutte und im Anzug zunächst gar nicht erkannt hatte. Und neben Peppone, da stand in einem ebenfalls wunderschönen Brautkleid, Liv, die Peppone nun seinem Freund Hagü in den Arm gab. Hagü wusste in diesem Moment nicht was gespielt wurde. Liv führte ihn vor den Altar und nun standen dort

Berna und Giuseppe sowie Liv und Hagü vor Camillo, der über alle Backen grinste und offensichtlich in das, was da gerade passierte, eingeweiht war.

Camillo zelebrierte eine wunderbare Doppelhochzeit in der Kapelle von Giebelwitz. Nach der Trauungszeremonie beglückwünschten die Gäste die beiden Hochzeitspaare und Liv fragte Hagü ob er sie denn in den nächsten Tagen auch auf das Standesamt in Stralsund führen wolle.

„Nichts lieber als das möchte ich tun", sagte Hagü und auf dem Dorfplatz von Giebelwitz stieg eine Hochzeitsparty wie sie die Welt bislang noch nicht gesehen hatte.

Nur wenige Tage nach der kirchlichen Hochzeit durch Camillo haben sich Liv und Hagü im Stralsunder Standesamt das Ja-Wort gegeben und was Hagü in der Kapelle nicht tun konnte, das holte er nun in Stralsund nach und steckte Liv einen goldenen Ring mit drei großen in den Ring eingelassenen Diamanten an den Ringfinger der rechten Hand.

Nach der Trauung in Stralsund wollten Liv und Hagü dann direkt nach Lucca zu Gerda Hansen aufbrechen. Ihr weniges Reisegepäck war im Morgan verstaut beziehungsweise im alten Koffer auf dem Heckgepäckträger untergebracht. Als Hagü vor dem Standesamt losfuhr, hörte er ein schepperndes Geräusch und er bekam richtig Angst um den Zustand seines Roadster. Als er im Rückspiegel eine mindestens zehn Meter lange Schnur sah, an der viele leere

Blechbüchsen angebunden waren, war er wieder beruhigt.

Und nachdem die Hochzeitsgesellschaft aus dem Blickfeld verschwunden war, da hielt Hagü noch einmal an und löste die Dosen vom Auto. Er gab seiner Liv noch einen Kuss und dann ging es Los gen Süden. Nach einer ersten Etappe übernachteten sie in Freiburg, wo Liv wie einst ihre Tochter Berna, ein Schiffle durch das Bächle zog, auf dem Weg zur „Alte Wache" wo Liv und Hagü in der Sonne sitzend ein kühles Glas weißen Wein genossen. Von Freiburg aus ist das frisch verheiratete Liebespaar dann nach Lucca zu Gerda Hansens Pension gefahren. Gerda und Liv hatten gleich einen guten Draht zueinander und man hat sich im Restaurant neben der Pension nach einem üppigen Abendessen und nach Dolce und Cafe bei exzellenten Weinen die Hochzeitsbilder angesehen.

Zur fortgeschrittener Stunde sinnierte Hagü darüber, wie schön das Leben sei und dass er nachdem das Schicksal so hart mit ihm war in Giebelwitz sein großes Glück gefunden hätte, das nun mit der Liebe zu Liv gekrönt worden wäre. Dann sagte Hagü:

„Nur eines macht mir Sorgen, das ist die Frage, was einmal aus Fischer Hansen Haus werden wird. Ich werde das Haus nie an Berna vererben können und irgendwann nach mir, sieht es vielleicht dort einmal wieder so aus, wie ich es einst vorgefunden habe?"

Gerda Hansen schaute Hagü in die Augen, legte ihm ihre Hand auf seinen Handrücken und sagte: „Mein lieber Hagü, darum musst du dir keine Sorgen machen. Giuseppe ist mein leiblicher Sohn!"

» ENDE «

Danksagung

Ein ganz besonderer Dank gilt an dieser Stelle meiner Schwägerin Beatrice Bachelin. Sie gab mir den Anstoß dazu, mich daran zu versuchen einen fiktionalen Roman zu schreiben. Ohne das Gespräch, das ich mit ihr über meine Autobiografie »Erinnerungen eines Sonntagskindes« geführt habe wäre die Fiktion »Blaue Augen« sehr wahrscheinlich niemals geschrieben worden. Vielen Dank Bea.

Zeitfracht Medien GmbH
Ferdinand-Jühlke-Straße 7
99095 Erfurt, Deutschland
produktsicherheit@kolibri360.de